量

髙塚謙太郎

目次

こののどのあたりが忘れがちに広い
あの下ではいつでも

隣接している言表の下ではいつでも
忘れられている

広いあの下ではいつでものどと
のどかなのどとの記憶と
姉さんだけの衣服がひらく

軒下のはずれでまとわりつく滴のすべての面
紛失面の液体のあながちに　しおれ
あなたには帰る家がある

わたしはいつかはあなたの衣服はぬれている
雨もわたしはぬれていない

はなから言いさして繁茂する
空はいつでもあの下のままにわたし

広いあの下ではいつでも文字と
のどやかなのどと記憶と
姉さんだけは姉さんはひらく

下着のはずれでうつろう面のすべての曲面
液体のいろどりが鳴き
わたしはあなたには帰る家がある

広いあの下ではいつでも
すべてが広いあの下では
わたしはのどのあたりはあなたは忘れ
いつでも姉さんは文字はひらいて

七竅

もののめ

すばやく流れている
ながれている
すばらしい
腰は固定されている
すは
まる飲みの速さに進む
視線を右へとひだり
回転させながら（流し目
魅かれあっている
一つで
一個のガラス
コップの透明
内側から向かう
ぼんやりとした
ふあん
ながめている
用を足したわたくしである
固定されたところに目
むける
むけている
点眼している
左へとひだり
牧歌的な気分がくる
ままくわえこむ
どっとなだれる

いじりもの

二で割るとあたらしい
結び目がみえてくる
目と目
とろりと下がる
連絡してから語ると
ついに語らず

もののすえ

熱はしずけさをはかり
はやい
夏である
ぼろぼろと落ちていく
身ぐるみの
においの遠くで笛
きる
着るものと向き合い
とび散ったあとが生き物
ののこりとなる
ごろりとなったわたくしの目
と玉
重力の音がするわ
ほてった体位の味がする
笛太鼓
いきづいたこころを取り出し
ふるえているこころを染めるもの
したにうけ

しなだれる腰の速さだった
ぼんやりとした
ふわふわの
見えかたのことで話
きいてもらったところだ

口ほどにものを食う
瓦に伍するというやつだ
割れた瓦
見つめあって（連絡しあって
詰めあって（見
喉元をすぎてゆくのである
ぶら下がった
結び目を摘出する
割れる前には見当たらなかった
物々しさぶら下がった
ほる
ほどける
ひらく
わらう
観念のふるさとがかがやいている
はい　そこにじっとしている
指を使って結ぶのである
贓物のはしばしはきつく
いぶされて
指のように高く立ち上がる
時代の子であった

打っている
こころ
ちぢんでいくのを見つめている
わたくしの目
と玉
どちらがさきに夏の
すえものになるか
見もののすえの
大きさが水のおちていく暮らしと
なる
なめされる

もりあわせ

葉にまよいがあるか
しらぬ
深さでかかわり
つづけていく後ろすがたを
すすめていく前のほうから火が
かさこそと
うそさむい
半ばはもえてしまった
灰のみどりのおどりにまよい
はは
越えていくのだろう
しらぬ
想像をこえてしまう
ぬいしろにやつしたほそい目で
おかされていく山々のかげや線を
葉々のかたちで即していく
深みがぐっとますのである
切れあじまで切れてしまって
燃えがらが枝にひっかかって
根のところでふたつの影すなわち横転し
とけあって日がのぼる
いっとき
声をあげるのを習いとするのである
みゃくみゃくと立ちつくし
影のままで見すえておれば

兵站

それからそれからそれから　とそれから
しずかな道をすすむ
見えない
にちよう日の気もち
家々が後ろにすすんでいく私という
速度である
キックボードの上　果たして
しがみついているホトケはじっと
みつめている
おいで
おいしいものを食べにいこう

ぶらさげたものが
葉にむかってあっというまに
なめつくされるのを恒とする
果たすのである

においのするものばかり
夕べは前にある
固唾だろう
食器の音から
窓の中までほの明るい
ものすごいスピードでホトケをすすめ
丸い月が近づいてくる
世にいう討幕である　名を
欲しがる嗜み
生きものの生きかたは
においのするものでいっぱい
いっぱい
間なく
指さす道をすすむ音ばかりが
ホトケの耳管をぐるぐると
すすむ
ひと処を平らげて
さと　しずかに延びる
キックボードのはずむ影だけが動いている
テレビがほつれている
肌
わずかな気もちの道
見えないままの
にちよう日

白い冬

たいらな位置でいま
肌をおとす
すとんと
笑いがとまらないのはなぜか
体をはなすときがきた
あついぜ冬
氷の体で生きること
技術のための肌触りが
手におさまっている
ひとつ
手のひらをゆっくりとじる
ひとつ
ゆるくひらく手のひら
が氷を形づくっている
とてもたいらではいられない
声となって上りつめる
ディシプリンが近づいてくる
椅子がしずかに語りはじめる
たいらな位置でいま
聞き耳が立った
ひらたくとじられるための
ふたつとも耳
笑っているのは椅子の鼓膜そのものである
12月《メンス》の花がきらきらとひらいたまま
回っていた

氷がくだけ散っていたのだ
着座した
にねじ込んで
とけて床までのびている
たいらな位置
距離のきれいな咲き方
浮かべると冬のさきざきで
椅子が立っているのだ

尖端のふるえ

背中
ゆれる髪を束ねる長さのもの
浮きあがる足ののびる
ららら
声のレンズ越しにもれる
開け閉めをくりかえす
レンズ音
背中だけをみていた
これら
にぶい女体をこぞる
へする余りものの残る指と爪のあいだ

網子

ない
記憶である
綱が渡してある
瓶が見える
紙を包んでいる瓶が見える
記憶がないのである
手が綱に引っかかっている
瓶
映り込む
文字が紙にある
記憶だ
アーチ状に撓う綱の音がする
手から下に流れている
失われた手
記憶だ
綱は撓っていない
手からの距離である
瓶は割れたのか
割れたのは
記憶だ
ない
記憶である
紙は
瓶の外にはない

腹をみせないこともある
例証がただようだけでもいい
小刻みに　透かし彫りの髪型
小刻みにるいるいと
鼻腔にむかって横たわっている種類の
目くばせばかりではないか
なぞの
骨伝いの
出入りがしつこく止まらない念
去らず如月
計測で見いだされた骨の動きでひらかれる
糸をひいているのか　はは
こぶ状の背中の背後から羽交い絞めにして
淫
麺麹菓子のような肌
レンズがゆがめていると思う
視界が大きくカーブしていくのをこの目で見送る見送りの
テーマ曲が困難を極めていると聞いた
話の中身にしなだれかかる春たけなわの
ゆれる影を束ねる
長さのもの
いっきにひきちぎってばらまいている
口先だけですっかりへすり尽して
立ちつくして面さがる
尖端のふるえ
したたした

人体

一人でしている
二人目は出かけている
三番目は現れている
時間である

見えていた文字は書かれていた
綱は文字である
記憶だ
瓶はない
映り込んでいる
手に流れているものはない
文字で書いてある
割れて新しい
綱と手

興奮した馬が駆けっていく
鼻
みえない穴にむかって
人だと思う
夜は眠ると知っている
口の隙間
流し込む
言葉が発せられている
理解である
戻ってきて桶に突っ込まれている
鼻が大きくなっている
小さくなる
表情として
草草草
大気のふくらみ
目から水が滴っている
助かるだろうか
帰宅してくる
脚をぶら下げている
大きな湖の話を繰りかえす
到来である
ここではないと言える

方向と時間

車列のカメラ
方向だけでとらえるアングル
写り込む
女は写真
見たものは連れていかれる
綴じたものをめくる

見え隠れするサイズ
こめかみの動き
進む方向に目が進んでいる
ノンブルである
あとがきでカメラを説明する
方向が男であると判る
自信がないのだ
アナウンスの耳
をとらえる
見ると写り込んでいる車列である
時間がない
アングルが並んで進んでいる
の動き
と女
目でわかることもある
技術だからだ
同じものが何度も現れる
時間がないということだ
車列の写真だろう
口の見える女
女
レンズ
方向と時間

道具

把手にぶら下がる
下が板だからだ
腕のしわ寄った
コンセントとコンセント
下がタコ足の皺
新しい車の音
洗いたての一帳羅だろうに

デザイン

回転するもの
ものとしての有り様
見えているのだ目
ただの水
文字が波及する
人間に茂した車輪である
機械とひっついて回る
ごまかしの効かない
水の膨らみに過ぎない
回転する目
補給路の伸びた食指で歩いている
ボリュームの
横滑りすなわち空気
映像
コンテから小説まで走る
文字の目である
一つも動いていない
回転していない
自由自在にプレイする
女

管で結ばれてある
二体の
指を組み合わせるもの
接続音が把手
下に
淡い影
水気を含んだ影だ
知性の足がぶら下がっている
手ぐすねを引いた
踊り窓を見る
ぱちぱちする
道具の状態
ふくませて整える
重たさの一体まで
動く
と一方も移動する
呼吸も管を通す
ものだ
物流の絵だ
映画
見るものと動くもの
世相が燃えている

機械の
収縮は途轍もない
とどまるところに湛えられているのだ
視線
を
彷徨い
くるくると茂していく
飾りでもない
テクストは歩いている

世間と紐

束ねていく雑誌が増している
厚みの底である
暗さ
表情の連なりの速さ
紐を結わえる
重さ
秤の正しさ

異本

姉から聞いた
桃太郎
川が語りだす違和
姉
太郎
滔々と語りだす
異本のすじを通す
淘汰である
品種だけがすべてを知っている
血筋だ
流れるように姉
姉川はもう冬で澱む
桃の汁がつたった
よじれる
桃桃桃太郎桃
太
郎
姉はもらす
説話的につらい

会話が途切れることは
ほどける
解けないように
話を結ぶ
世間である
あめふらしの吹き上げる塩が道をのばす
肌のことだ
貼りついている目
二つの動きの目
塩を含んでぬるぬるしている
暗さである
積まれていく束
速回しの正しさで
続いていく
世間の雨が底だ
向き合う目
と
目
の底
に沈む
塩
の道から伸びる二つずつの動く
ぴったりと貼りついた
世間で行われていることだ

島へ飛び出す太郎の首すじはまだ青い
淘汰である
真っ二つに割れている
水っぽい
姉の下から桃太郎
生まれたのだ
川となって甘々
雨とうち
どんぶらこと姿態を変じるのだ
割れている
血が
見えている桃
も
語りつがれているからだ
淘汰である

穴は暗い

キーホルダーを渡す
しっぽの先
暗い空の下ほぼ垂線をである
雲をつかむような
肌
しまいこまれるキーホルダー
の肌
うす青い
滝のようである
指の腹の弾力のねばり
割り箸かボールペンを挟むあれだろうか
声をたてている家の中だ
ブラウン管の夢
まぼろしの機械はすべてのカギにおいて
鍵穴でしかない

ザク

人形
並べずに遊んでいる影もある
式次第に従って
取り囲んでいる
二体が自立する
自立しないタイプの間で
正面だけが楽しい
人形に合わせた着衣も楽しい
鼻はない
安心な夜だ
穏やかなベッドに寝そべって
冒頭に書いてあるという
デザインのことだ
関節も
自由も
唱和している形の口
崩れないシステムなのだろう
ぽきぽきする
時代が倒れてしまったタグだ
人形師の記憶ばかりか
関節の工業性だけが今も美しい
量産型に鼻
進む方角を示している
デザインだ

対象の人

雨が車
幅
指で尺をとる
右折が右を進んでいる
逆も
一度は対面するのだ
ベクトルがスパークしている
相似の雨が曲がる
路面にいた車のないところに落ちる
すなわち右の車の方に雨があたる
人が通る
右と同じようにまっすぐ走る車にも人がいる
人
ベクトルの鼻
モノアイの社会だ
車
が雨の起動
左右の錯綜を降らせている
人の動きをやめているもの
人の
進んでいるものの区別はない
目の反対側にも降っている
右折はない
目である

さし入れると沈むため
夢うつつ　あるいは
膀胱の曲線をたてているブラウン管だそれ
挿入するもののありありと見える
それだ
キーホルダーを渡す開錠する
穴が暗い
肌に広がる指の腹
割り箸か
ボールペン
で挟む
手際
うす赤い滝の夢
うつつの中の見られている弾力である
目が合う
見ていると思う
ブラウン管までとまらない
交叉
ものとものとの
もの
と
もの
と
の

ファンド

釣り銭を挟むものが指であるとき
前後に触れているものと
つながるネットワークも釣り銭だろう
薪割りのようなフォームであっても狙いは違うまい
組織とはそういうものだ
ひび割れている
心だけはページ数に合わせてほしい
ノンブルのためだけに詩集は耳だ
くべられる
月刊マガジンの耳
千円札の憂鬱
現なまは風邪みたいなものだ
耳
店員の
くべられる耳
炎上商法の鬼となって辞典のような手応えが欲しい
聞こえよがしによがる組織の
挟んでくる指である
じっと見る
あ行だけですっ飛ばして消えていった
リンネ（輪廻

エンジン音の話だ
連絡の雨にモノアイ
鼻
路面盤が縦列していると思っている
幅

性癖の凸

横たわるすなわち道に出る
共にある朝
周回遅れである
淹れたてのコーヒーまで透ける
体の色を知り尽くした者の仕業だ
掛け布団に残されている
ガガーリンの黄昏
見えているものを見ている
球として
側面に尽き

鳥居

生卵のまるい
近々として
両眼のゆるみである
拭いてある
壁にむかって笑っている
食後は
近い
放蕩のかぎりを尽くした庭で
剪定だ剪定だ
野に
かぎろひの立つのが見える
窓に一列の生卵
世に
一行という
乱倫の円周をなぞる旅に出たのだ
一宿の
仇
日和る料理士が順番を守る
鼻がきくのか
眉を落としてあとかたもない

もしくは観音開き
観音の憂鬱
開いているからつながるんだ
じゃりじゃりして

転進

道には車が並んでいる
屋号の札も取り外されている
ばけものだ
板だけでできているものが
ぱりぱりと
季節ですと
ボンネットの照り翳りと水蜜と
わたしの顔は剥き出しである
向き合うもの

電熱で食べている姿なのだ
繰り返される
道ばかりがつながり合っている
皿に盛りつけられたために
スイッチはありったけ皿に
粗末なものを転がすため器機としてコールする
ぶっ刺して口をめがけて
液として
面力に尽き
アレルギーの者
そっくりそのまま口の形で横たわる
すなわち
道のもの

朝廷が伸ばした枝に
ぶっ刺したまるい卵がゆるやかに
近い
枝を裂いた岐点から両眼の景が
みっごと
世は
笑止ばやりであったのだ

同じように前後にぱりぱりと
糸をひいているのがきらきらと日差しになる
緑が速度をゆるめてこじ開けられている
のぞき込む虫は硬い表皮を光らせている
画素数である
豚のように吸い込まれていく
途切れることはない
まぎれもなくわたしは
ばけものだ
わたしは敵のことを話している
敵に話している
ハンドルが器官として進んでいる
赤だ
極東の春はただの文字でしかない
たけなわと鳴りながら
列なっているだけの
板切れである
太平洋で屋号といきたいところだ
指すだろうど派手に

虫に世襲

声は虫であるから
食卓の触手はきれいな色をしている
くるくると回す
料理が目の前を現れる
消える
波打つ
笑っている人
こらえているのだろう
一本落ちている
薬剤で糸がくるくると車だ
俯瞰で見ている器官には速さがある
二つ揃った上で味が見える
タンパク質が口を伸び縮みしているのだ
建物と建物との間に人がいる
一人や二人ではない
やはり文明は近い
車だ
夥しい車種の四速が一本の筋として無数だ
回転音が鼻にかかっている
いい感じにかかっている
くちゃくちゃと

ニセモノ

つかむ手のしぐさばかりが栄え
日も短い
いつだってテレビが並んでいたわけだ

一人や二人では
ない
スムージーに進む
膳のしきたり
私たちは旬だ
銀杏並木の銀杏数多
繰り返される

踵の裏
三寸ほど進めばいい匂い
見目うるわしい広角レンズがきらめき
記されていく
文字列の歯抜けみたいだ
びっしり埋め尽くされた詩篇の文字
ノートの端から裏をかき
角質の島々が赤くきらめいている
轍だろう
各所にすっぽりはめ込んでいくだろう
それぞれに個々の學天則を
身じろぎ一つしない夜
図は
白々と明けていく
とても食べられたものではないのだ
一本一本開かれた平仮名の平に潰れている
手肢や袋の白紙
これはこれで束ねて編んでやれば読めもすると
いうものだ
虫が鳴いている
空気は動かない
しかしこれが手だ
体を開く

花をつける枝をビルの前で
フレームはいらない。
小ぶりな機械がひらく、音の前にあって、
後からあの花はこの花じゃないとうなだれてしまう。
うなじから細い産毛が光をかえす。
はなれていく枝もほつれないように花で束ねて、
にわか雨へ。
ビルのガラス面をつれて、気体はきれいで。

Blue Hour

バタンと倒れた陽射しが
近い春を
教えて去っていった
4月になれば
温かすぎた冬を書いておいて
影となって道路を歩いてみるといい
窓がとれて
わたしたちの平原が語りだすから
新しいシャツを着て滴のように
がひらひらと
折れ曲がっていった歌が
風景を終えて広がっていくだろう
学部棟の階段を広げながら穿きかえて
帰って
イヤフォンのぶら下がった目と目が
を寄せたり離したり線を描いていた
手でつかんだ手を記した
記す遊びで戦争に行った
どれもがわたしたちにとって映画の
葉擦れに似ていた

昨日ばかりが舞っていてずっと
息をしていたら
息をしていた
豆粒のように食べて音楽を引いて
息と同じくらい軽く
とても軽く時間が明瞭だった
食べているわたしたち
にも終わった
べき陽射しが歩いていて
たとえば夏の島ではバスが沿岸を走っている
海辺に夜の肩がささった
タバコの口を合わせた
寒い空で指で渡した
どうせそんなものだ
それは
わたしではない
黒い髪が
降っていて
イヤフォンがセーターにからまっている
風のように

した
中2階のソファーに転がってわたしたちは
ずっと春の前の秋だった
決まったメニューが通りを抜けて
歌った
耳で鳴ったとおりに雨が降った
黒い髪
私有財産と国家の起源の昼で
した
黒々と見まわしている記号の中である話を持ち寄って
埃っぽいページが裂いて
をわたしたちは垂れ
晴れのように騒ぎ屈折させてしまった
逆光の学部棟がなびかせている
顔の轍が枝分かれしてわたしたちは
は学生へ講義の音だけが見えたりした
連弾の部屋が見えたりした
した
束や意味だけしかない映画が
背中どうしでもたれかかっていた

1つ1つの音が付箋のように瞼を影って
茜色の雲を
まき散らした
朝焼けの遠さを知っている人に似た服を着て
朝まで立っていた
待つということが変化の色を照らした
口を合わせた
ぬれたタオルが日記をつつみ
縫い目にそって歩いている
営巣の手順を受けて生まれた
に近い
も場所からは郵便と同じだ
聴いているアルバムのタイトルに届く花の種類はわたしは
週末の月曜日までに分裂した
仕事のはけた明け方から人のいない道を歩いている
始発電車が追い越していった縫い目を閉じて
眠っているわたしたちは季節は
と飛んでいった
生き方を生きることが知識でもなかったわたしたちは
夜の昏さを明るさと間違えて

寝返りの途中から引き返せなくなっている
と書いただけで終わった
楽器が同じように重い
サイレンが可視化されたスピードで
わたしはかたち作られている
いる
たちはもう間近だ
学部棟の階段をわたしたちはメタシネマに降りていった
一斉に消えた炎の柱もしくは星座
の記録集の折れた箇所で目を抜き取った
ブラックそして初期化
書庫への通行証を忘れたので寝に帰る
アルバムのタイトルについて
微視的な歯をあてて
口を合わせたみたいな夕立の周縁で
夕立が煙のように消えてしまう
スタイルについて語った店がない道を歩いている
限界まで歩いて道を戻ってきた
花の名前の道を歩いて戻ってきた
古いレコードを聴かせてくれた部屋でも

盤面が虹色で楽しかった
タイトル曲を呼び名として何度か喫茶店で
本を読んでいる
背表紙の横の擦過傷にエンピツで名前を
花を
タイトルのすぐ横で踊っている
は咲き誇っている季節がシリーズ化されて
迷いこんだ路地で花火をしている家族を撮影した
街全体で学部棟の階段を降りていって
アルペジオンという花を差し出した
海のわたしたちは花はアルバムジャケットだった
変拍子やジミヘンコードが未来ならば
横顔の店を忘れることはない怪物だ
針を落とすくらいの道で
似合いのパンツを動かして歩いているわたしは
わたしたちは陽射しも
待っている時は
見たことのない鳥の群で静かに話していた
日々は繰り返されそして日々は日々でなくなってしまった
翌朝には日々にラベルが並んでいて

映画論という記号論を頬に殴って
散らばった出来事を開いて
眠っていて
呼び鈴で起床して
ピアノを弾いて
テレビとタバコをつけて
文庫本を売りにいって
掲示板に並んで何かの紙切れに書きとって
約束をして
時計を外して
反対方向の快速に乗って
ライ麦畑で目を閉じて
イヤフォンを目で和音めいて
ゴミ箱を蹴とばして
映画を1本みて
2つ目の途中で出て
ランボー詩集を網棚に置いてきて
英語の歌を口で広げて
第二外国語に変換して
レンジのダイヤルをひねって

ひねって寝てしまう
交叉イトコ婚の森で生まれ変わりを読んでいた
わたしたちがいない岸辺で汀が森を飲み込んでいった
までが1冊の詩集のようにちぎれて
人のままで読まれて
近影の黒い面をトレースする文体が人として
寝ていた
反応が生きていることのすべてだった
反応が死ぬことのあらゆる出来事だった
を歩いている
道野辺に咲いた
に似た立ち姿のわたしの影が
ATGのダメなカットや台詞は灯された通りだった
外宇宙で受け取った花弁の中で
4月の海はわたしたちの船を
女性名詞で映写していて
知性の生き物をはめ込んでいった
眠りの中で公園や海や河口や夏を手をひいて
靴を駄目にしながら
口ずさむわたしは鳥は時計の夜を採譜してしまうまで

ベッドから抜け出して
いなくなった街で今もベッドを抜け出して
ラブホテルの船上で朗読している
発熱した前髪は骰子のように転がっていき
冷蔵庫に貼られたメモをみて
陽射しの演算の真っ只中の走り書きと重ねて
奏でられる春や空を見ている鳥の線分の途中で
出会った手紙（一）と方法
悦びだけで埋められた思想の細部まで夜を越えて
バイパスの１シーンが選ばれた
わたしたちの日々がわたしは眠たい
選ばれたシーンのラブホテルが彼女が
名前のない鳥だったと気づいたメモという名の
アルバムジャケットアートを幾重にもずらして
意味に指をついて
ビル群のジェットコースターのようにメモを置いた
小さな言葉が並んでいる本を渡した
リフだけでいけてしまう言葉を選んでわたしたちだった
簡単な世界
はなかった

ない

リズムだけが映されていた
フォークナー（二）のように死んで
エリクソンのように死んで
世界としてしまうこわれもののエフェクターから
順番に読破していった

リフだけでできたリズムを書いた

届いた手紙を
まだ手紙（三）がかろうじて届く時代だった
いつどこにいても必ず失恋した
トドメを指すためだけに手書きでレポートを朗読して
洋楽をカタカナでイヤフォンした

アメリカは
アメリカだったアメリカは
スペースシャトルに乗ったわたしたちだった
ファズの女が南北を走り抜け
短編集の束1つだけで外宇宙の紐を結わえる
ディープキスの宇宙にも陽射しは傾いたり書かれたりした
カタカナのアメリカは遠く去った
元号と一緒だったからだ

モナドロジーだからだ
天井を見ながら新潮文庫のスピンをちぎって
読み終えるために眠たい
へと近寄っていった国境のない
線上に国を跨いで
千載和歌集が水平線を浮かべていた
まるで（四）わたしは補助線だった
補助線としてわたしたちはわたしだった
どこかへ出掛けていき
言葉だけでできた車や家々の窓そして恋人を語る
（五）ブルーバードをハモっていた
学部棟の階段の袖から手を差し出して
手をとった
撥ねてしまった窓の音楽を
憧れて手をとったわたしたちは
曲を書いた手で曲を受け取ってアメリカに返した
手紙がそのまま誰かに届く未来が理論上の線のように
共鳴して和音の本を作っていた
空から雨が降ってくることが事実性だったころ
わたしは
は

した
痴愚性の青い空の下で
陽射しを量り
回る
ロジャー・ディーンのような惑星を作って
休講の日々を生きて
眼下になかったものを触りたかった
朝はもうすぐ
のように寝息の色づかいのままに
形を持っていることを信じている人はわたしは
大学前駅の下で楽器ケースを持って立っていたわたしは
言葉がわたしを散り散りにしたかのようなわたしは
4月になれば
朝へ飛び立って

ロジャー・ディーンのような惑星

公園に咲いたものを知っているのと同じように、Sを見ていることがあった。ちょうど食べ歩きも終わったころで、空腹ではなかった。Kにとって腹ごなしというわけではなかったが、公園に咲いたもののように公園を巡っていることは、何か気の遠くなるほどの偶然が積み重なったものとなってKに加えられた事実のように思えた。Sは見ているものがまるでなく、ところが目は開かれていた。食べ歩きでできた包み紙の屑や口のまわりに残った調味料はいつ消えるのだろう。拭うものや放り込む仕草だけがKの現実としてSを見ていた。ズボンのポケットに包み紙の屑を押し込み、片方の袖口で拭い、続けてSを見ているうちに、咲いたものの名前に近いものをKはSの耳元に囁いていた。疲労を覚えたKは、それともSは先ほどから目の前にあったベンチに腰をかけ、天気のことを話すのはこういうことかもしれないと、どちらが先だったろう、思うでもなく念頭に浮かべては消していた。逃げ出したくなったということでもなく、公園は、今、来るべき公園ではなかったとどちらかが先に口にした。

わたしたちを連れていってしまうだろう
もしかして鳥[1]か
何かの痕跡の世紀のように
戦場の彼方へ
彼方の戦いへと
近づいていく夏の河口
の自生のシステム
の昂揚と足をそろえて
のような
波の音の海辺の言葉が
地球の終わりの日の目線で
これからの実在的な新しい神様の切れ長の目線の切れ目で
音楽は終わった
波[2]打ち際で音楽は
戦報の花がもっともきれいで
わたしたちはわたしは目の陽射しへと傾いていく
首都の大きな駅で人が次々と運ばれていくニュースを
テレビ以外では知らなかったころ
テレビもＢＧＭなしで終焉を迎えていた
はもしかして

1　雑踏の中からある種の恩寵や言葉を拾うことがある。たとえば窓辺に立って雑踏の見える交差点に思いを馳せて窓を見ているＳのかすかなつぶやきがそれに近い。内容がＫに関するものである場合もあれば、Ｋの作った物語に関するものであったりもする。Ｋには語る才能があるのかもしれなかった。Ｋが窓辺に向かって立ち上がるとき、Ｓは壁についた紙魚を文字のようにＫに読み聞かせはじめる。カップの底深く沈んだ砂糖の澱がＳに甘味を届けることはない。すっかり冷めた飲み物を手にしたまま、次第に近づいてくる方に向かって言葉は流れていく。Ｓは思ったにちがいない。言葉は近づくに従って物語を形成する、と。Ｋは窓辺に窓を意識して進んできた。息が窓をやや曇らせる。指で窓の向こうを拭いて、どちらかの視界に光が、日の光が１つか3つの意識をもたらすだろう。耳にもたらされる音となってそれは、それらは窓を充たすにちがいない。Ｓは音楽そのものとなって、Ｋにも音楽そのものを知らせ、窓に翳がさすまで立っているだろう。窓は最初からなかった。ところが、ＫはＳを見ていたし、Ｓも窓を見ていた。口がもごもごと動いているのが知れた。砂糖でざらついたカップの縁を指で示して立っていた。窓の場所に立っていた。

2　書店を出てからしばらくは無口になって歩いている。口が書店で出ていた。Ｆに渡し損ねた書類はカバンにしまってある。次にＳ

が書店の入り口から出てくるのを待っている。本の包みを抱えながらSが現れた。読む速度の相違があれば、そこで会話は成り立つのだろう。Kのカバンに包みがねじ込まれる。Fの書類が中でつぶれる。渡せなかったことをSに知らせることはなかった。Fが遠ざかっていく。立ち寄る場所があるKについて、立場のちがいを越えてSなりに考えている。Kの雑事が終わるまで廊下か、ベンチか、肘掛けか、で本の包みに書かれた電話番号や本を読む。が、Fの書類に目がいくことはないのだろうか。

重要性という意味においては、KもSも判断できる状況にはなかった。本には帯が付帯していた。事実は届けられるものではなくて、事実そのものである、と書かれていた。Sはこの帯文のことをKに告げ知らせるだろうか。Fにも伝わらない内容が書類にあるというのに。もしかしたらKの雑事について書類上の瑕瑾がFに伝えられるべきであったのではなかったか。そういった意味では、Fは一歩も遠ざかってはいなかったのかもしれない。

3　生焼けのクッキーをテーブルの皿に並べている。ここだというタイミングがあったはずだった。Kはキッチンのコンロの前で指遊びを続けている一方、部屋に満ちたバターの濃い匂いがKを包んでいる。Sの帰宅はさらに遅い。手に提げたものを持ってSは改札口から歩いている。向かっている方角に靄が立ち込めていたとしたら

レポートを提出する部屋[3]を間違えただけだった
今も誰が読んでいるのだろう
ものを知らなすぎる
ときはもう二度とは訪れない音のように鳥と
読んでいる
ホッチキス留めのレポートの束を
背骨のようにきれいで
貫き通した束の連鎖がすべてわたしの発語として
わたしを形づくって緑色に映っていた
タルコフスキーはレポートは
二度寝の夢が知っていた事実かもしれない
タルコフスキーは履修されている
リップマンの世論は履修されている
匿名の犯罪は履修されている
古浄瑠璃は履修されている
隣り合っただけの店で表紙を交換して
それっきり学部棟を分かれていったから
横顔から伸びる睫の蝶がどこで
今
舞っているのか知らない

後ろから突然言葉が差し込まれる日のことを毎日
毎日書いてきただけではなかったのか
ここに
[1]ここで
忘れたくないように
なかったかのように
個人練を重ねてきた夜の終わった朝に
いなかったように
街が動き始める影ばかりが書かれた小説が[2]文字を
忘れたように
書いているだけのこと
波に砕けた海の文字がここに書いておいた
隣り合っただけの表紙に乗った手の先に
見えなかったものがいつしか
文字のかたちとなって耳に届く
ポール・サイモンを耳コピすることによって
届く波の音がなかったかのように
ずっと毎日が隠れていく
乗り合わせた車が島に消えていく記憶だった
寝静まった街から街や道から道は砂でいっぱいだった

それは実に興味深い。Kが待っているものがあるとしたら、その興味深さの近傍に見いだせるだろう。帰途に横たわる時間は寸分の狂いもなくKからSを引き裂いている。皿は、テーブルに並べられている。クッキーは皿の上に並べられている、と言えるのか。SはKの方角に近づいていると言えるのか。Sは提げたもののことを意識の外においている。提げたものが半生クッキーであるということとKが結びついていなかった。改札口を出たところからやり直せないものだろうか。Sは知らない。Kは皿のデザインに気づいていない。ちょうどイニシャルとなってどちらかを言祝いでいるように、そのとおりにデザインされているということに。Kが口に運ぶとき。Sが口に運ぶとき。月が帰途を照らしてくれる。ただし部屋は知らない。クッキーが焼けたとき、見えるものが口を運ぶ。

1　川沿いの歩道を続く風景の中に山々もあって、背にして静かに歩くのは決まって日没頃だった。Sに近い血縁もこの歩道を歩いたということが日記にも書いてあった。Kの日記にも同じことが書いてあって、山の姿は常に変わらない。Kに葉書が1枚届いた。中央アジアから見える山々が広がっている写真がプリントしてある。山腹で手を振っている者が笑っている。Sに近い血縁の者とよく似ている。Sが歩道を近づいてくる。

近くに自動販売機があったので、缶コーヒーを2つ買って、そのうちの1つを手渡した。飲み干した方の手で山を指差した。指差した方を見ると、その方向へ歩いていった。山腹からKを見下ろすと、Kは手を振ってくれた。Sは自動販売機で手を振った。

2 書棚にはできるだけ陽が差さないようにしたい。コーヒーの香が視覚化されたKが不在であるということを伝えた。時間だけが過ぎていくということが、本当に起こり得るのだろうか。食卓でSもKも不在であったことはない。Sは出かけてしまい、Kは帰宅していない。食事の味について言葉を交わすことも、1つの夢のようで、Kについてもその時知った。あれから何年の時が過ぎ去ったろう。同じリズムがひたすら繰り返されている。生活に不安はない。Sが帰宅した。Kは食卓で読んでいる。時間について。視覚について。距離についてSが質問した。Kが答える。Kは帰宅時間についてテレビを見ている。食後のコーヒーの中でテレビが揺れているのがわかった。Sの焦慮には夢での一言が混入していた。時間の始末については、Kの判断だけで進めるわけにはいかない。

海が
見えた
砂が文字がないことが砂として
わたしはわたしたちは笑った写真を撮った横に並んで
紙片を並べて詩を書いた
海がこれほど美しさと遠かった
砂が運んでいる年輪から伸びる枝々
枝が手書きの音楽モジュールとして
単純だったという話
終わりもなくつながりもない
公園の遊具が勝手なリズムで子どもを表現する
ように
好きなアルバムを交換しよう
表紙が破れるまで読もう
先を急いでいた急いでいるなら
写真のわたしたちは動き始めたばかりの街でうっすらと
わたしは動き始める
黙って空に水を浮かべた返事の手紙として
タルコフスキーの海はタルコフスキーになる
砂に並べられた写真や詩の澱が騒ぎを止めている

鳥の
名の
ない鳥がとまっている枝から街を振り返ろう
写真集のページを切り取ったような夜や朝やわたしたち
や
名前の鳥の手紙として
リフをずっと
降らせて
レポートの届く宛先の鳥の
文字の海の文字の
砂の漏らした文字の
夜の見えない道や
見えない朝のわたしたちや
や
ピアノのスコアの署名の鳥
がとまっている枝

ピアノのスコアの署名の鳥

粘り強い交渉のため、1か月ほどの旅に出た。海は美しく、街は見違えるようだった。すっかり統制のとれた書体で街中の通知は行き渡っていた。ここでしばらく逗留するつもりで荷を解いた。Fの故郷はいったいどこにあるのだろうか。魚がいっぱい獲れる港が示された案内板に従って車を進めた。ナンバープレートには知らない街の名前が刻印されている。Kにはとても覚えやすいナンバーで気に入っている。Sはうまく取り決めについて話すことができただろうか。Fの手紙には評判のレストランについて記されてあった。魚の喉のような名前の店だった。港からの荷揚げで店は活気づいていた。ここならKを見つけ出すことも可能だろう。街の地図にもすっかり慣れてきている。これからの時間のことを思うと気分がうきうきしてくる。もしかしたら、このまま黙っていてもうまくいくのではないか。Sに会えるのではないか。

の歌は届けられようか
砂は眠っている鬘の目を閉じている
モッキンバードという店でメニューを閉じている
いつもの席にメニューを見ながら届けられたものが
学部棟への道へともしくは大学前駅への道へとつながって
モッキンバードという店のメニューの表紙はいつも
デニス・ホッパーとジョン・レノンの手紙は
届けられようか今は誰が読んでいるのだろう
レポートの束をモッキンバードという店のメニュー
半地下の店へと続く階段を
学部棟の階段を
お気に入りのシャツやパンツの階段を
学部自治会のヘルメットの階段を
笑って写真に映っている表紙を
海や砂で朝や夜の
ほどなくして閉店してしまったモッキンバードという店の
ゼロ地点で今は誰が

鬘の目

指の治療のために接着剤が必要だと言った。その指で辺りのものに触れてはいけないため、口をつぐんでいようと思った。Kも承知のことだ。血液の垂れるのが単位で示すとどうしようもない。Kそのもののように続々と垂れている。心臓よりも上に指を向け、Sに指示を与える。決まった時間になると臓器のような匂いが辺りに立ち込める。Sの気持ちを考えて、だ。

読んでいるの
susコード
が歌を呼び寄せて
が読んでいる
のだろう
わたしは
半地下のメニューを毎日
ゼロ地点で
文字は書かれている
書いてきただけだった束
は階段を降りてきて写真に笑って映っている
スタジオで個人練の横に座って
隣り合っただけの文字をひっつけて
束を持っている
読んでいるだろうか
奇跡のような海で文字がゆっくりと降りてきて

半地下のメニュー

乗り換えるための駅、コンコースの椅子に座って次の列車が来た。Sから乗り込む。窓から手を振ってKが走っている。向かいの座席にKが座る。列車が着く駅に向かって手を振っていたような走り方だったと思う。乗り換える前に座っていた車列同士の連結部で報告の電話をした。ひどく不安だった。乗り換えるためのコンコースから変わったのだったと気づいた。KはSを見る。SはKと見る。窓枠に肘をもたせ掛け、流れる景色を追った。いくつもの駅のコンコースが人をいっぱい乗せて流れていった。Sが手を振っていた。Kが振り返していた。KがSの目をとらえた。Sが手を振って応えた。この列車にも連結部はあるはずだった。Kに確かめに行くように言った。まるでFの言いぐさではないかと思ったが、Sにはどうしようもなかった。あといくつのコンコースを見送ればいいのか。確認する前にいくらでもすることがあった。

学部棟の入り口で今も学部自治会の看板が読まれている
デニス・ホッパーやジョン・レノンのメニューが
エンドロールで死んでいく
ほどなく閉店してしまったモッキンバードという店が
ゼロの文字だけを残して
読まれているわたしは
わたしたちは
ベアを熊だと思っていた
は
終電をなくしたライブ明けの夜に吸い込まれて
アルバムジャケットの束として
アメ村のタワーレコード
ほどなく閉店してしまったアメ村の
タワーレコードの棚の朝に
三々五々帰っていった
地下鉄に乗って

ジョン・レノンのメニュー

帽子をかぶって部屋に入ってきた。Fからの知らせで既に知っていることばかりだ。皆既日食のため、部屋中の人たちが屋外で談笑していた。Sだけがピアノの傍でメロディーラインの目線を床に、壁に、天井に這わせている。Sだけが屋外の窓際で空気が揺れているのを観察している。どうして屋外では、今でも多くの人がSの話題を持ち出すのか。Sにだけ聞こえるように皆が空を仰いでいる。帽子を脱いでくれたらいい。見えない知らせばかりがこの部屋で息を凝らしている。Kが空から降りて来る。真黒な顔をして帽子を手に。SはKの横でピアノを弾いてみせる。Kの声にもっとも近い音符の音を探っている。部屋の外では、知らせだけで会話は途切れない。

地下鉄に乗って
地下鉄に乗って
地下鉄に
忘れないようにずっと書いてきた
終電後の朝日を浴びた幽霊たち
夜の果てへの旅のように見えなくなってしまう前に
眠れよ
このクズどもが
とセリーヌの滴が朝焼けに燃えて
魔法が動物のかたちを歩いている
始発前のバイパスを走り切ってから眠るのか
事実性のフロントを破って
カッティングして
水平線をRunして*電話の前で
夜の果てへの旅を旅立って朝は
燃え立って聳え立って
タワー
レコードアメリカ
アメリカ
わたしたちは見えなくなった国の電話みたいだった

電話

テレビの音だけが聞こえてくる午後、天井を眺めながらテレビの音声を聞いていた。泣いている声もしくは笑っている声だったか、が人の言葉を話している。Kには聞こえているのだろうか。電話が鳴っていた。Kの声をしたKからの内容だ。身支度を手早く澄ませて部屋を出た。テレビから雨の音が聞こえていたのを思い出して傘を手にしている。駅の改札口に近寄っていくSに向かって車列の侵入してくる音が進んでいた。問題は、Sの向かう方角だった。部屋ではKからの電話が鳴っているかもしれない。Kの内容はSの進む方向と一致していた。傘の開く音が内容と一致していた。商店の開け放たれた扉からテレビの音が引き続き聞こえている。Sのことをテレビが話している。Kに関することではないとわかった。雨は降っていない。電話が鳴っているかもしれない。手帖を開くとKの予定が書かれている。手帖を閉じると同時に道を曲がって次の駅を目指した。傘を先ほどの店においてきてしまった。外壁のクリアな建物が3軒ほど続いた後、駅構内のアナウンスが漏れ聞こえてきた。時間があまりないらしい。改札口からKが出てくるかもしれないと思った。Kの内容と一緒に。傘を持っていた方の手で手を振った。似たような天気ばかりが続いているとテレビが言っていた。

自販機の明かり

車を走らせたこともあったのだ。窓をすっかり閉じて景色が変わっていくのが楽しかった。山が全部同じ山に見えた。Fは山で生まれたのではないだろうか。人が手で車を運転している姿を山から眺めていたのかもしれない。Kが喉の渇きを訴えたため車を停めた。Sの隣に座っているのはKだった。車が停まって最初に扉を開けて出てきたのはSだったが、Kの飲み物はそこには用意されていなかった。山はすっかり

電話の朝はわたしは

*

自販機の明かりだけでイヤフォンを探して
文庫本の表紙は破れていて
ポケットの財布は抜かれていて
歩いて始発前のバイパスを走査した
した
最後の日は映画をみて言葉もなくさよならして

*

ライク・ア・ハリケーン
のジム・ジャームッシュの映画をみて
タバコの口を合わせて
日々を越えて
朝がわたしは
事実性のフロントガラスを突き破って
セリーヌの朝がわたしは
忘れたことではなく遠くて
あてもなく夜更けは歌になってしまった
としてもそれは
タワーレコードの下で陽射しを待っていた

*

10cm の朝を連れていく
代返の知らせが夜まで続くそして

姿を消していた。Sの一存で食事を購入し、Kが扉を開けて出てきて、再び扉を開けて運転席に座った。Sが扉を開けて助手席に座った。食事と運転は同時にはできない。いつしか山が姿を見せはじめ、山からFが見ているのがわかった。Sの口を動かす形がFを呼んでいるようだった。食事が終わる頃には、車は目的地に到着しているだろう。公衆電話で山のFに連絡をとった。山の裾野にある店で待っているという。店は、車を走らせる前に出てきた店なのではないかと疑ったが、車は停車することもなく、再び山は見えなくなった。日はだいぶ高く昇っている。車内の会話が聞こえない。窓を閉じて景色を楽しんでいる。Sの口の形がKに話しかけているように見える。山の景色のことを話ているように見えた。

ライク・ア・ハリケーン

コンサート会場からあふれ出した人の集まりが1本の道を進み、交差点で三々五々となった。ちりばめられた虫のようだとKが言った。視線の先には1本の道からこぼれてきたKが歩いている。商店の窓は閉じられている。喉の渇きがKを襲ったとしたなら、一晩中でも歩いていなければならない。隣の席に座っている。視線の先には信号待ちの人の集まりが四方から車か人が進んでいるのを眺めているのが見えた。グラスが空っぽになるのを待ってパンフレットのページを繰りはじめた。時間にして例えることはできない。Sの時計が進むまで何度信号は変わったのか。短い時間に収まる話をしている間に、視線の先から人の集まりはまばらになり、点滅信号の下にも人がいなくなり、夜が明けるまで静かに座っている。

10cm の朝

雨で消えてしまう文字が打ち上げられた、手紙

何回目かの第二外国語のガラスを貫いてバイパスの朝と
始発の合図を知らないバイパスの朝と
カタカナ英語の*ディープキスの燃え滓の下で

半地下の階段を
学部棟の階段を水平線から降りて
電話で履修届を終えていたころのエフェクターを何台も
何台も何台もケースに入れて歩いている
壊滅が音楽ですらないことをそのとき知った
知ったはずだったのに壊滅は繰り返すと音楽は

日没は
日没前を一度も見たことがない
いなくなってしまってから朝と夜更けしか知らない

これからも日々も
海を走った音楽と一緒にわかれ続けている
*陽だまりの映画だった
遠くの方で1つの国がなくなってしまったから
手紙は何度も届けられるし
何度でも言葉は行ったり来たりできた
絵はがきのタバコ臭い日曜日のように階段を
わたしは階段の下から見上げた空がたった1つだった

にはさみ込まれた付箋の文字をSと読み取った。雨はすっかり上がってしまい、鳥の声もしている。カラスだけではなかった。もっと小さな、おそらくそれなりに獰猛な顔をしている。立ち上がってリモコンを探し、リモコンの数を聞いていた。電源ボタンの色はまちまちだった。加熱のような音がしてプツンと起動する。出掛ける時間までそれほど時間はない。Kの靴が左右並べられて置かれている。踵に何か踏んだ跡がある。Kが歩いた道にも雨が降っていたのだろうか。濡れていない靴は他にも壁に立てかけてある。書かれた文字を踏み消した靴のいずれかを履いて出掛ける。次の部屋からリモコンを操る音が聞こえてくる。何かが開いたり閉じたりしているのかもしれない。Kの履いた靴で踏まれる音が、ちょうどそれに当たる。読み始めると思った通り電源の場所が記されてあり、ただし電源ボタンの形が間違っている。鳥の声が何重にも増えていって、起動する。だいたいの位置情報が合っていれば、遅れることもないだろう。鳥の声が外でしている。いつか止むはずだったが、雨は降っていない。

ディープキスの燃え滓の下で

紙片の置かれたテーブルにカップを並べ、隣に座っている。温かい飲み物は言葉を奪う。近道を教えたことはない。どちらかが椅子を動かして出ていった。カップが1つになっている。カップには小さな影がついている。影には形があり、人の顔に見える。カップの中には温かい飲み物が入っていて、言葉を奪う。顔が立ち上がってテーブルに手をついた。最後のカップも運ばれていった。紙片から一番近い場所に手をついた。しばらく時間が経って新しいカップが並べて置かれた。光がなければ、カップがテーブルに置かれることもなかっただろう。Fが入ってきたと思った。外では道を掘り返す音がして

それは
それらは
あったのか
あったことではなかったのか
空があって
シャツを着て歩いている道から半地下の階段が降りて
肘をついてレコードの盤面がきれいでいつまでも
＊
ジャームッシュのコーヒーのように表層的な模様のように
きれいで
見とれていたフレーズの歌詞を１つ１つ訳してみた
空の見えたことがあったのか
学部棟裏の森で道を歩いている
大学前駅まで続いている学部棟裏の森の道で
坂道で
すれ違っただけの陽射しの傾きは
深く今でも
伸びているカセットテープのライク・ア・ハリケーンは
文字のように散らばって惑星の周りで
坂道で
傾き始めた朝の陽射しの横顔を見た

いる。テーブルの上にあるものたちを別の場所に移す必要がある。予報に従って動くものがある。いつでもそこにあったものが、いつもそこになかったかのようになっているものと、いったいどこが違うのだろうか。顔が向きを変えて位置をずらしている。視線の先に窓があって、道を掘り返す音がしている。Ｆが入ってきたと思った。新しいカップに変えるためにキッチンに行った。キッチンから戻ってくるものとちょうど入れ違いになり、顔が一時重なって表情が逆になった。紙片が置かれたところから最も遠い場所に元々あったものが何であったか。顔に向かって進むわけにはいかない。

陽だまりの映画

読みさしたままの本は枕元にあり、開いていると眠気がやってきた。窓が明るくなっていたのでベッドを抜けて朝に届いているものを受け取りに行った。１日の始まりに１日分の出来事が折りたたまれ、体を折りたたんで眠っていたこと重ね合わせる。時計に合わせて体を動かしていく。体が内側から温まるのを感じる。何よりも新しいことが好きだったと思い出した。静かだが、実際は動いていて、気がつくと見覚えのないものが部屋に置いてある。互いに。体を潤したり、髪を流したり、朝の時間だけの出来事を繰り返す。今までずっとそのようであったのだと、思うこと自体がなかったのだから、明日も、朝は、朝として始まって終わっている。ここにいることの安定が、互いを形ないもののように見ている。

ジャームッシュのコーヒー

Ｆはいったい何を待っているのだろう。出掛けるために用意していたものが見当たらない。カバンに入るはずだったものを持たずに駅へ向かう。車がどんどんと追い越して音を立ててから

樹木だ
＊照らされた維管束だ
壊れたピックアップの樹木をわたしたちは
照らした
まぶし過ぎた影がわたしたちはわたしは
言葉を集めて
集まった言葉の影が
影の言葉が
聞きたかったリゾーム状の文字に夜が来る前に
朝が来る前にわたしは
陽射しへと上がっていく坂道ですれ違っただけだった
言葉を
読まれることのない
今も誰が読んでいるのか
束はわたしは
わたしたちは歩いている
秘密を歩いている
誰も知らなかった言葉を文庫本で読んで言葉を知った
坂道で
講義室の窓が樹木を映し出して揺れていた

小さくなっていく。ブレーキランプがほぼ同じタイミングで連なっていることもある。Sが乗っている。同じように車と平行に歩いている人の数が進んでいる。駅からつながっている部屋がそれぞれに用意されている。用意されている部屋をそれぞれが見当をつけて歩く。部屋で過ごす方法で仕事が1つ1つ終わっていく。人の豊かさの数には限りがなかったかのように路線が広がっている。信号待ちの後にも規則に合わせて歩いたり止まったりする。改札にも人がいる。これ以上、人は、世界を制作する余地が残されていない。スタンドでコーヒーを手にしている。湯気が新しい空に消えていく。Kのデスクにコーヒーカップが置かれている。消えていく時間。過ごすことで豊かになっていく世界。昨日と1mmも違わない。Sの乗った車から1mmも違わないところでSが乗っている。車は進む。Sはそのまま動かない。Sが乗っている。部屋での方法が制作している。立ち上がり、カバンにものを入れてから部屋を出る。人が歩いている。どこが始まりで、どこが最後尾か、Kの歩いている横を車が通り過ぎていく。テールランプがKの前を続いている。

照らされた維管束

虹が立ったから見に行くという。見わたす限り虹は立っていない。雨でも降るのだろうか。鳥の数がいつもの倍ある。Sは予兆であると言う。肩に鳥を乗せて歩いている人と出会う。帰り道で食料を手にして、料理が始まる。ある人物の年表を繰っていると没年に部屋を変わっていることがわかった。耳よりの話だけで1日が終わっていく。Kが食事を終えていた。Sには続きの話が残されていたので、テーブルから動かない。予兆は刻々と実現に向かっている。あのように空もすっかり暮れてしまっている。窓が燃えているではないか。キッチンからフルー

無伴奏のカンタベリー派を雨に歩いている
学部棟の階段を降りてきた雨は眠そうにしている
した
蛍光灯の白さが森の坂道で白く降っていて
ずっと前に閉じた文庫本の背表紙に書いた
4分33秒ずっと書いていた
リズムと音韻は履修されている
樹木の坂道を歩いている
樹木の坂道を歩いている
樹木の坂道を歩いている
樹木の坂道を歩いている
樹木の坂道を歩いている
樹木の坂道を歩いている
樹木の坂道を歩いている
樹木の坂道を歩いている

ツを運んできて、テーブルに並べた。皮ごとかじると音がする。平穏な生活がテーブルを囲んでいる。話には続きがあった。没年の翌年刊行された彼の著作集には、晩年の、何事も起こらない日々が、ただ順番に並べられてあった。1行目と最後のフレーズがまったく同じ言葉と配列だった。虹が立ったという話が何行目かに書かれてあった。静かなよい生活が続いている。フルーツは最後の1個が影を作っている。いつでも口に運んでいき、歯をたてて音を出すことができる。時計が時刻を告げている。話は途中で切り上げられた。皿に食事の痕跡がある。Sが部屋に戻ってくるまで、フルーツは皿の横で動かずに音を待っているのかもしれない。

4分33秒

季節の仕度は手間と時間が必要となる。KからSに手渡されるものと、Sからのものと。こうして季節は入れ替わる。新聞報道によると、季節が入れ替わっている。互いの手が交わされた。馴染みの服装から次の服装が生まれる。それも近く馴染みの服装となっていく。文化の誕生の裏では、このような劇が繰り返されてきたわけだ。Kが服装をしている。とても似合っている。服装がKを続けている。とても着心地がよい。

法則の外側を流れる時間を信頼してもよい。Sが新しい服を出してきた。服装の1つになる。Sにも服装がまとわりついている。Sとは、時間である。服装をして部屋にいることもあれば、服装をして出掛けることもある。互いが複雑に組み合わされることで、進んでいくものが明瞭になり、季節もそれにしたがって入れ替わっている。入れ替わらないことがあるのだろうか。にもかかわらず、服装が古びることもない。生まれるものと、見えなくなるものと。Kに似合いの服装がSにも入り組んでゆき、詩篇のように乱反射している、季節のための仕度が、である。

静かな雨を集められた
樹木の小惑星が壊されて
小惑星のかたちを再びとるから
坂道を曲げて歩いている
建て看板のなかにも坂は上っている
割れた窓というページを歩いている
にしても雨の似合う坂道ですれ違った意味と意味を
研ぎ澄ませて靴をはいて
カンタベリー派やベックのGirlをはいて
６を繰り返し流して
６を
くり返している即歩いている
ジャーゴンの森のもっとも交差した点を枝として
ぶら下がってみる
アメリカのハーモニーを下がってみる

割れた窓というページ

止めたところから破れ目ができ、音を立て、やがてすべてが零れてしまった。久しぶりに冷えたので、温かいものに目がいく。湯気の向こう側でＳとＫの影が互いに重なり合っている。望めば、違う形になることもできただろう。テレビをつけていると、思わぬところに人が住んでいて、理由を聞くとわからないと答えている。影が１つになっている。２つに分かれたのか、単に重なっているだけなのか。部屋の外からＳを呼ぶ声がした。Ｋは聞いていない。返事をしたのはＳの方で、ＫがＳのことを質問していた。湯気は部屋の外へも続いていて、そのために確かなものとなっている。部屋の外にも部屋があったとしたら、いったい何が聞こえてくるだろうか。紐のような時間だけがいつの間にか入ってきている、ということがあるのだろうか。呼ばれたＳが湯気と一緒に部屋を出て行った。すべて、ＳもＫも出て行ってしまった。湯気の中で、影は１つになっている。部屋に入ってきたＳとＫは湿気でぐっしょりと濡れていて、毛髪がそれぞれ垂れ下がっている。しばらく部屋で、時間が流れていく。テレビでは、人が住んでいる場所の説明が繰り返し伝えられていて、その場所がドローンで映されているのではないかと湯気の中で影が動いている。

腰まで伸びる声で航海に出る女のように
波打ち際で惑星を幾重にも震わせて
手紙を文字化けさせて
笑っていることだけを浮かべて
ここにずっと
ここに
ここにずっと消えることなく読まれるだろうか
陽射しの角度によって見えてくる海や島が浮沈し
暮らしがあれからずっと続いている[1]話を聞いている
ここに
部屋の鍵を返したままここに
ハーモニックスのような朝までずっと
続いている
惑星が観測される惑星の上で春を待っている歌をつくって
Pタイルの欠けた
付着した壁紙の付着した
分節によって[2]色彩を交わした
レポートの中二階に立ったままずっと
Aメロや日曜日のように
離れ離れになって補助線となって

1　爪を夜切ると、どちらかが部屋を後にする。食事の時間には揃っていることが多い。何もかもが決められたとおりであれば、Kもいなかった。Sもいなくなる。出廷の通知が示した日時からかなりの時が過ぎ去っている。公園のベンチで鳥を見ながら食べ物の話をする。まるで啄むようではないか、と、たしか、Kが言ったのだったか。SがベンチでFの知らせに目を通している。Sの指が何度も紙片をはじいている。学校を終えた子どもたちが鳥や虫を追いかけて首を振り回している。Kは目で追ったが、間に合わなかった。傾向と対策が必要である、と言ってきていたのだ。子どもを引き取りに幾人かの大人が公園に入ってきて、言葉を発している。何を発言したのだろうか。思弁的な表情で、子どもたちは一斉に公園を後にする。鳥が追っているものが黒い小さな影となって子どもたちに連なっていた。まるで文字のように。大人たちの中にFがいたかもしれない。

2　届けられた荷を解いた。中にハサミと1枚の紙が入っていて、紙には切り取り線が渦を巻くように引かれてあった。それは今、抽斗にしまってある。壁に飾っておくこともできる。ちょうど窓には窓枠があるように。川の流れる音が聞こえる。扉を開けてKが出てきたところだった。朝と違う服を着て立っている。胸のところにポケットが縫い付けてある。折りたたまれた紙片が突っ込まれているために少し膨らんでいる。手の指

顔の輪郭やBメロを語り歩いている
日々は簡単なだけの手紙であった
晴れ間の雨滴*に沿って歩いている
に書かれてあった距離を見つめていることまで
音楽は鳴らしていて
今も鳴らされている音は誰に
聴かれているのだろう音として
文字の重なった状態の歌として
コクトー詩集を今ようやく手放し始めた
すれ違ったままで贈り物のコクトーの大判の光沢
挿絵に似た顔をしているわたしたちに向かって
わたしは書いている詩はPタイルの欠けた
はベースラインがこんなにきれいで
くり返し文字で辿り直していた
言うべきことと
聞くべきこと
を夜明けとして
漏らした記憶をかき集めて朝に歩いている手紙

がハサミのように広がっている。口で鳥の鳴きまねをして、また次の部屋へ入っていった。美しい旋律の笛を口で吹いてテーブルに何か硬いものを並べる音がしている。Fの指示どおりに、順番も違わず。Sが静かに顔を上げると、今しも窓から陽の光が差し込み、表情が元に戻ったように見えた。何から自由になったというのだろうか。電報には、静かに、とだけ書かれてあった。誰から誰に、静かさというものが移されるのか。何重にも言葉を巡らせた後でなければ、人は人に気持ちや気分を残すことができないかのようにKが壁に立っている。

雨滴に沿って歩いている

体を休めるため、1日中部屋で過ごすことがある。雨が降っていても、だ。ポットで湯を沸かす音だけがいつまでも続いている。切れた電球の傍ら羽虫が歩いている。読みかけの本の背表紙と同じ厚さの紙片の束を紐でぐるぐる巻きにして整理することにした。この中に売り物になる言葉がどれくらい書かれてあるのか、無限と同じように、信じることが難しい。Fに手紙を書くことにしている。心の問題というよりも、ここにこうやって在ることについての、1つの説について。信じるということが、もっとも自分自身を裏切っているということはないだろうか。ものを感じるということが、死をもっとも恐れさせているのかもしれない。Sのアイデアで雨の風景を眺めに出かけることになった。眺めの中で雨滴の1つ1つが、光を反射させて次の場面を想像させてくれる。Kが傘の外に手のひらを差し出してみる。いくつかの雨滴が手を濡らして形を変えてしまう。風景はいつから眺めるものとなったのか、今では信じられないことかもしれないが、それが信じるということの、1つの証になっている。わずかな間だけだが、そう思った。

長い道を入り口に向かって歩いている。それぞれの手には大小の袋が提げられている。袋の中に入っているものを部屋に戻ってから食べるようにしている。部屋は温められている。人の形をした場所が、それぞれ用意されているように。道の途中には、名前の知れない植物が自生している。もしくは植えられている。それぞれのタイミングに合せて花をつけるものもある。実を落とすものも、たしかにあった。人がそれらを見たり、知ったり、それから触れたりしながら、話をすることもある。Sの目に入った植物に翅のない蛾が隠れていて、深海の魚のような気配だけでSの領域に入りこんでくる。歩いているため、袋のかさかさという音が虫たちを驚かせているかもしれない。食事中のそれらは、一斉に姿を隠す。残された食餌に新たな虫が集まってくる。一時に移動する様子が幾何学模様でKの言葉に絡まっているのがわかる。入り口に向かって見え隠れするものと、挟みこまれる会話の、バランスの形をしたのが、人の移動として歩いている。長い道を歩いていることが、そのまま食事の袋だと、どうして言えるのだろうか。

話のラストばかりをかき集めて朝
少しの気持ちの色が背表紙であった文庫本の色あせた店に
を朝焼けとして
コーラスワークの練習ばかりして
リフとしての朝焼けを集中させた時間ばかりを束ね
今わたしたちはわたしは
読んでいる記憶となって学部棟は[1]分節されたわたしは
手のぬくもり
タバコの口
古本屋の傘置き
貸しスタジオの蛍光灯
レコード店の只チケット
スザンヌ・ヴェガの残り香
スネアのタイミング
記号論の後拾遺和歌集
幽霊
すり鉢状グラウンドの階段
書かれたはちみつぱい

1　暗号となった扉の前で、待ち続けている。把手にぶら下げられたカードに事細かな理由が書かれている。部屋でKとSが食器を片付けている。清潔な布で1つ1つ丁寧に拭かれている。棚に、法則があるかのように並べられている。言葉があるからこそ、棚が美しく整っている。キッチンからの距離と同じところから灯りが見えている。甘い食べものがテーブルに置かれている。Fが作ったものかもしれない。国の旗のようにKの視界に入っている。取り分けて食べてしまった後に、残された言葉が美しいことを願っている。歴史が証明している。伝統的な甘さが

1　部屋の前で花を植えたことがある。静かで穏やかな色をもつ短命の種を選んだ。いつ花をつけていつ花を落とすか、Kや、それともSは、目撃する。国が橋を架けることになった。部屋がにぎやかになることはない。1枚の皿に乗る分の蓄えが、その日の生活を支える。Sがカバンを持って出掛けて行った。種と交換できるものがあれば、それを恩寵と呼ぶ。花に吸い寄せられるようにKが部屋を出て行った。橋を支えるものがある。部屋の窓から見える景色が橋を伸ばしている。部屋に戻ると窓はカーテンで覆われていた。音が鈍い音を立てて植物の根を伸ばしている。SがSのカバンを持って部屋に入ってきた。新しい花を摘んでくるのはKの方だった。食卓を飾るための花は、部屋の外で音と一緒に橋の架かる景色となっている。Sがカーテンを引く。窓が現れる。Kはテーブルに皿を並べている。花が、希望をもって部屋を覆ってしまうために、皿にも穏やかな色の花が描かれている。Sのカバンにもある。

撤去された休講掲示板
今も冷蔵庫に貼られた時間というわたしは
が読める文字
採譜した坂道の季節に花[1]が
花の名が丁寧に記されたぼやけた
や電話やバイト
溜まった洗濯物の言葉を変えて学部棟の階段を
半地下の階段を
リハの埃の階段を
在ったものはなかったは
は
腰まで伸びた海にもっとも近かった
日々まで続いた陽射しの傾きや
途絶えている連絡のテーマに戻って
歩いている

Sを思弁的な文体と溶け合って受け答えしているように見せているのではないか。扉の前のカードに季節の動物が描かれていた。肉の味しかしない部屋の明るさの中で、KがSに問うている。Sが切り分けるためのナイフを棚から下している。同じ距離からの灯りがナイフを光らせる。Kは今しも目を閉じたところだった。緑色の光だったとしても切り分けられる。

在ったものはなかった

窓枠の横に残された壁の余白に絵を飾った。キリンが首をこちらへ向けているのだが、こちらを見ていない。以前はどの壁に掛けられていたのだろうか。Sが絵を眺めながら、昨日の出来事について語り始めた。窓の向こうには長い道が伸びていて、時折首の長い生き物が歩いている。窓を覗き込むように首を前や後ろに動かしながら進んでいた。部屋でKはSの向かい側に座って窓を背にしている。絵と窓とKが順番に並んでいる。Sが話し終わると、キッチンで湯が沸いた音がしている。Kは立ち上がって窓と、それからキリンの絵を隠しながらSの隣に座った。Kが見ているものをSが見ているという保証はない。キリンがこちらを見ている。キリンの絵を描いた人物つまりFの見ているものが、キリンだった時にこの絵は描かれたのかもしれない。窓ではキリンが虫のように小さくなって震えていたが、やがて道の中に消えていった。郵便受けに届けられた音が聞こえた。届けられたものを取って部屋に戻ってくると、キリンの絵は外されていた。窓枠の下に立てかけられたキリンの絵が、少し斜めになって灯りを撥ね返している。心臓の音がなるのは、こういう時のことをいうのだろうか。向かいに座ったために見えなくなった窓枠からKが合図をしている。

だけの坂道
徴兵を免れてしまった世代の
なかったかのような学名をメモに目を通し
(六)冷蔵庫に貼られているメモの窓を眺めて
階段を学部棟に舞い降りた小さな兵站の文字
や遊んでいる
並んで海で撮った写真の白さとして生きている
歩いている
名すら見えなくなった暮らしの知らせを
着床している
した
遠く韻律的な詩集を携えて(七)陽射しを傾いて歩いている
着床した
している海みたいな顔をした
赤
4月は遠く
待っている詩の位置を見わたし
モッキンバードという店のポスターを剥がした半地下へ
半地下へ

一　**手紙と方法**　遠くから歩いてくる。歩いてきたものとすれ違い、歩いていく。ほとんど同時に振り返り、部屋は1つの方がいいと言った。駅から離れていくもの、駅に近づいていくもの、1つの点においては、どちらも起こったことになり、そして何もなかったことになる。そこを部屋とする。窓があって、出入りする扉が開いたり閉じたりしているだろう。空調は行き届いており、食事くらいはゆっくりと過ごせる。上着や襟巻を引っ掛ける釘があり、カバンを置く棚も用意されている。キッチンから皿を運んでいる。時計と一緒にテレビをつけて、町の風景が1ショットで過ぎていく。喉を潤す人が映し出され、頭髪の途中で画面が切れている。なぜこの人物はこれほど平面的なのだろうか。届け物の梱包を解いて、テーブルに並べていく。3つ以上あるものを順番に取っていく。テレビでは、遠くから歩いてくる人が歩いている。すれ違い、歩いてきた人の歩いてきた方向へ、一歩一歩ずれていく。いくつかの言葉が交わされ、愛のシーンの画面が用意されているとおりに送られている。シーンでは、ちょうど町に昔の霊が現れ、町を歩き回っている。たった1つの点も用意されることなく、ただ、歩いてくるものと、歩いてきたものが、複雑に研ぎ澄まされている。

二　**フォークナー**　鏡の前に立ってSが見ている。Kが窓の外でしゃがんで蟻の列を横切らせている。Kが部屋に入ってくると、Sが鏡の前に見ているのが、ゆっくりと見える。Sは何を横切っているのか。部屋に入ったことで、見ているものが、それまで見ていなかったものであったことに、気づいたのは誰なのか。扉から蟻の列が続いている。鏡にも蟻の列が見えている。Kが振り返ると、扉の向こうでSが背中のまま扉を閉めて、蟻の列が鏡の中だけになったように見えた。Kの前に鏡の見える部屋があり、蟻が見える位置まで移動してみる。鏡に蟻の列は見えず、後ろで列が鏡の反対側に伸びている。Sが部屋に入ってくると、Sが鏡の前に立っている時と同じように、窓の外に蟻の列が続いていて、Kの前には鏡の掛かった壁ではない、窓枠のある壁だけが、少しの明かりを投げかけていた。Kに向かって進んでいくように、Sの鏡が明かりをは撥ね返していた。

三　**手紙がかろうじて届く時代**　カバンを提げたKのいない部屋に、食事のためのテーブルと皿が配置されている。Sが部屋に戻ってくると、カバンを提げたKが部屋の中にいて、Sが仕事から帰ってくると言う。料理の説明を始めたKの前と向かいの椅子が引かれてあり、カバンを提げたまま椅子に腰かける合図をする。合図に従ってカバンが上下する。Sが座ると説明を終え、カバンから調味料が取り出される。皿に盛られた料理の味だ。同じ種類の皿を重ねて運んでしまうと、カバンの口が開いているのが見え、Sが椅子を立つとぱちんと口が閉じられた。仕事の書類がわずかに見えたが、料理のレシピが書かれた紙片だったかもしれない。Kが料理について尋ねると、カバンからレシピが取り出され、料理の説明とは新しさが異なっていることに気がついた。ナプキンで口を拭うと、カバンを提げたKの口が開いたままであるのが見え、書類のことをもう少しで話し出す。Kのいない部屋に、カバンが置かれてあり、テーブルに向かって皿の光沢が少しずつ迫り出してくるのが、新しいこととして、口にする。

四　**わたしは補助線だった**　煙突が見える場所で煙突を見ている。煙突の下に建物があり、建物の目的がわからないことが、煙突の見え方に影響することがある。Kが見ている方向に煙突が伸びていて、影をKに投げかけている。影に黒くなったKの顔が黒く、Kの見ているものがわからない。Sは丘の上で煙突のように振る舞ってみる。影は遠く及ばない。煙突の長い影が、丘まで届くことがあるのだろうか。煙突の下の建物の窓から見ている。午砲が鳴り、煙突から遠ざかっていく。窓から機械の音が黒く伸び始めている。Kは、Sを初めて見ていることに、気づいている。煙突のように距離のつかめない歩行のように、Sが近づいてくる。Kの影が伸びていく先に、丘へと通じる道が曲がっていて、Sが遠くなったり近くなったりしている。風が吹いている。丘から見えている煙突がたゆたって、雲がまるで旗のようだ。建物に吸い込まれていく人の中に、Kがいないとは言えない。

五　**ブルーバード**

髪をなびかせて自転車がタイヤを回している。景色の数の分、回転しているタイヤの上で、SとKのなびいている髪が、風に揺れている。絶えることのない笑い声。小さな石につまづいて、ハンドルが曲がり、Sが道端に放り出された。小さな石につまづいて、ハンドルが曲がり、Kが道端に放り出された。SとKが交互になって回りながら、でも髪が小さな石をいくつも絡ませている。横に倒れている自転車の台数を確かめて、元来た道を歩いていくと、ふいに風が髪を巻き上げ、小さな石がかちかち鳴りながら曲がっていった。警笛を鳴らしながら車が通り過ぎていく。絶えることのない笑い声。肘か膝に、小さな傷を作り、血があふれ出すイメージがタイヤのように回り始めている。

六　**冷蔵庫に貼られているメモの窓**

時間がKに馴染んでいる。Sが到着した時、時計が時間の遅れを示していた。目的の場所に向かってKとSが歩いているのが、川を想起させてしまうことは危うい、とFから伝わった話と、よく似ていた。目的を果たすと、時計を確認し、到着した時からどれくらいの時間が必要だったのかを確認した。時計によると、目的は、秒針よりも多重の意味を帯びてしまっていた。時計の部品は、関係が時間の比喩のようで、Kは時計を置いて部屋を出て行った。Sは時計を置いて部屋を出て行った。到着した時、馴染みのない景色の中でSやKなどが遅延の景色に沈んでいって、目的に向かって歩いている。関係性のないところで、どうやって時間は進むのだろうか。Kが進む。Sが進む。Kはまるで部品。Sはまるで部品のよう。部屋で椅子に座っている。窓に景色の動いているのが、よく見える。椅子を壁に運んで、壁に掛かっている衣服や帽子、何かの紐、と区別できないように座っている。どちらかが部屋を歩いている。部屋が、どうあっても帯びてしまうものが見えているかのように。窓の向こう側に川が流れていたとして、時計と時計の、近寄っていく過程が、Sの中で、Kの中で、さらさらとさらさらと、悲しい気持ちのように鳴っているのを、確かめている。

七　**陽射しを傾いて**

仕度が出来るのを待っている。手順を頭の中でつなげながら、目の前で1つ1つ整っていくのがわかる。次に、待つ、の段階に移るための道筋が、どのような姿で起き上がってくるのか、を頭の中で待ちながら、仕度が出来るのを見ている。Sが会話を始めた。その日のための料理について、履かなくなった靴について、壁にぶら下がった紐について。1つの言葉が1つの仕草を伴って、Kの会話が終わった。制度が変わるから書かねばならない書類を手渡した。Fのことが書いてある。書き方の例が書いてある。書き終わると書類の下から紙片が出てきて、料理について、靴について、そして紐についてマッピングし始めた。小さく折り畳んで封をしてから書いたものをテーブルに置いた。料理の横にスペースがあったので、紙片に合わせて料理が出来ていた。部屋の隅で目が合った。靴を履いて紐を結んでいる。ゆっくりと立ち上がり、あるいはゆっくりと腰を下ろし、目線が床と平行を保つことが続いた。壁に1つの絵が飾られていると思われてはいないだろうか。

へ
封切られた映画の破れ目から
へ歩いている
字幕の目がわたしは見える
風景を歩いている
改行している
学部棟の階段を見ているわたしは
わたしたちは1行の重なりを重ねて見ている
詩の足を
歩いているわたしは風景は
半地下の半地下へ階段は
端末という本をカバンに入れて
スクリーンに次々と見える行へ
めまぐるしく歩いている学部棟から風景を取り巻き
4月になれば
シーンは忘れてしまう文字でしかなかった
すれ違っただけだったすれ違いの詩は
坂道から
へ
半地下から
半地下へ

から階段へ半地下の
影がわたしは
見えるシーンの改行のシーンはわたしは歩いてい
る
口を合わせた
字幕の口を離したときから
すれ違った目で見ている風景を映画を書いた
本をカバンに入れて歩いて
水平線のシーンに空を階段へ歩いて
絵ハガキの窓が開いていたから
あなたは
休講の陽射しの下で
楽器の傍で
晴れていて
全評釈をカバンに
ポータブルをカバンに
メモ代わりに大学前駅から歩いている
学部棟の裏は坂道の途中で歩いて
樹木が字幕を見せながら
夕方には鳥が鳴いていた
間奏に手紙を思い出し

映画のタイトルを書いた手紙を出して
陽射しが傾いて樹木の非在がわたしはわたしたちは
へ降りていった
夜へ
わからない文字の夜へ
重ねていった
枝々が連ねていった文字が鳴いていた
大学前駅へ列なっている灯りの言葉が漏れていた
零れている
わたしは詩は
零れている映画は言葉はわたしたちは歩いている夜
ずっと詩の方へそのまま
リフでしかなかった字幕がポータブルに見えた
1枚の絵ハガキが写真
タバコとコーヒーから動きはじめて
コーヒー茶碗のコーヒーが夜が揺れて
詩が書かれ
人物がタバコをもみ消し
コーヒーが注がれ
揺れて
ポータブルのリフがエンドロールの

もみ消し

半地下のモッキンバードという店の薄暗がりの
揺れている映画は
映画だけが光源となっていて
店の薄暗がりを人物だけが
リフを映し出していて
読んでいる

講義ノートのコピーを映し出して
タバコは見えている
樹木の裏で陽射しが
4月になれば
傾いて歩いている
階段へ学部棟は映し出されている
半地下へ

歩いている人物が文字を言うと注がれるコーヒーが揺れる
ほどなく閉店されたモッキンバードという店の
穴に揺れている
長い歩幅は止むことなく影は近く
炎の影は色がついていて
図書館棟の長い廂がわたしは
文字だけの川となって座っている

楽器を立てかけた階段はすべて影となって
書庫でひたすら文字を写しとっていた影となって
メニューの中に歌がある
ジム・モリソンが死んだ映画で歌っていた人物の文字が
炎の影は色がついていて
津村信夫詩集の書き込みの文字を書庫で
見かけたように歩いている
ステージ上のジム・モリソンのペニスにも
ジム・モリソンにも
書き込みにも津村信夫詩集の色が燃えていて
半地下の昏さと同じくらいの書架の下で
わたしたちはわたしは
夜の街を歩いている
ずっと歩いているから川となって
歩幅のまま
4月になれば
浅い緑の横で学部棟の窓が枝々を映し込んで座って
野外ステージが組まれたすり鉢状の階段に座っている
背中を見つけた
言葉が並んでいた
夜の街が並んでいた

口を合わせた
タバコのことが唄われた盤面を連れて
タバコ臭いまま合わせた
大きな研究棟がほどなく埋めてしまったすり鉢状の階段に
合わせた
爾後
生きていることに訳はない
訳もない生き方をしている
意味だけで歩いている学部棟の階段へ
半地下へ
夜の歩幅のまま4月になれば
川は流れている
生活棟の横に並んでいた平屋の研究棟は川は流れている
流れているわたしは歩いているわたしは
は並んで夜は
アメ村のタワーレコードの夜まで
歩幅のわたしは
わたしたちは歩幅のまま
モッキンバードという店の半地下の店の
降りていった
詩集やグラビアの切れ端の朝から

坂道を
階段を
へ
ずっと生きている訳の
へ降りていった
陽射しは傾いて
へ半地下の階段へ傾いて
4月になれば
読んでいるレポートを誰の並んでいる
束の歩幅へ
半地下へ
モッキンバードという店の文字へ
バタンと
傾いて
陽射しの川の流れのように
春は
わたしは列なってわたしは春は
4月は
生きている訳を
降りていった
学部棟からずっと眺めて

手が
ここに
い
春

着心地のよくなさそうな
新しい服を着て、しゃべる話って、
春のきれいな窓の朝でしたから
洗濯物が、ベランダにひらひらと翻っていました。
ラジオが音をしまって、
たとえば浅緑の滴や黄色い空
いつまでもおしゃべりしている話に。

HANNAH

蹠で支えられる指づかいの指す方角が
そのまま名前であればいい

紙をくって進むものから
進むものへ

「てふてふが花れてゆくわ」
「病巣に翻っているみたいに」

「毒だから」
屋根にのびる雑草は騒ぐ
猫なで声の速さで回りはじめる

中二階を向くと開いた天窓の風が
ゆっくりと降りてきて
鳥の糞のように
身体をあずけて階段の鳴る音が
さえずりの透き間で
降りてくる音のように近づいてくる私

やおら
昼間の列車が部屋を通る
静かないい気持ちがしている
飛び石のように
おまえの表情が近づいて
それでいて
鉱毒もあって

折り紙で織ったものが翻る音がしている

紙で織られた蝶々でさえ
轍を抜けて街を消してしまう
書かれたものはきっと
深い湖の表層で息をする働きがあって
浮かれ女の裾をおさえて見えてきた
模様のように
綴ることで蝶々とはじめて音が聴こえる
会話が続く

人であった痕跡という名を
言葉という

今日も河川敷では輪ゴムで束ねた子どもたちが

今日も朝まだきに暗さが冬の距離で明けていく
時間という名分の束であった痕跡という名を
言葉という

誰かに電話しなければならない
出た声はひたすら咳き込み続けている
もう大丈夫だから
咳き込んだのを機に通話は罫線に零れていく
もう大丈夫だから
という
時計という名の小説を読んでいるのに
紙の感触の束として
私は観測されている束のように
紙の上を走査していく濡れた湖面だった
伝達とデザイン
記憶した病名が進み広がっていく身体は
木洩れ日の窓に映る商都の毛細
二度目の春は小説を書いている人を咳き込み
初稿のような声で笑う
大丈夫だった
だったか
私の人にも私にも
分節がたまらなく懐かしい
全裸写真の街並みや詠嘆

みんなミンチみたいな耳だった
遠く呼んでいる文字のような
船を抱き寄せてそっと近い
下さい
誰にでもある機能の側面から
咲きはじめるよりも先に
匂いやかな場面の葉擦れで
立ちつくす一個の耳だった

仕舞屋の軒先に吊るされた轍は
いづれ
安寧の幌を飛び去って
冬の算術にも及ばないくらい手入れされた
廊下の向こうに映写されている「ここで付箋

一人分の茶碗が転げて
二人で笑う

指から機械音が

なだらかな坂は平板な文体をみせていて
意味は不

改行がこれ以上続くようなら
零れていく心が見た空の下で生きている一行のために散っていった物語が
私のおまえの付箋の彩りであり、綾であり
手であり
目であり
閉店間際に入店してレジに並ぶ
立ちつくす耳が管を
歌仙はいつも巻かれているはずだった
改行は一行の断絶だ
一行の断絶は改行の伝達だ
改行の伝達は断絶の雪であった

改行の雪が散らされ

明にいたる
あなたはいずれの組にも洩れまして
旦那

斉唱せよとせっつかれている角を曲がると道に出ているから
川と流れている詠はとめどもなく伸びやかな囃子となって乗り越えてしまう

指人形を使って
改行の折り目で見ている話をしよう
わずかな震えで移行してしまうから是非
験は管理ではないとしよう
どこまでが指であったか
雪は雨となって指にまとわる

雪のように改行されている

枕を抱いて走った絵図だ
河川敷のヘリポートに一人自転車に乗って
自転車を作って
風を受けて走りにいった歌のように
後になり先になりし
前の台詞は届き
後ろのそれは結びの流れとなって
あるいは結びで切れずに
逆接となって
私の心を打ちのめした
車が近づいてくるたびに
湿った雨が空へ吸い込まれていった
雨滴のごとく
飲み干して走った絵図を巻いて
遠く縄跳びをしている集まりから
手を振ってくる
立ち入ってはいけない

かくれんぼ
もういいよ
もういいかい
まあだだよ秋の
日の早さがきれいで
国木田独歩もかわいくて
塩分をふくみ

爪と卵の花は
崖から突き落とされる花咲きの

まわりから知っている顔が
塩分をふくみ
それから
それからそして
夜へと伸びていく夕べ
食べにいこうか

構造的に曲がっているために私は私たちは階級の両端で抱っこして
　折れ曲がっていった茎の管からもっとも近い卵の波線のように
　　従っていった顔や顔の形をしていた

塩分を二分して対角線上に補助を延ばしていくことを人間としよう

きれいな

花は

Hannah は

含んでいる
花は

たたずんでいるだけで幸せな機械
騒いだ夜の仕舞った後はただただ音速の武蔵野が樹や木を喰っていくのだ
やがて道ができ

ああそれは線だ
そして区画ができ
ああそれは面
家が建つ
立体的な文学が折り畳まれて
そう押し花

展開された文学は私は
武蔵野の森や鳥

花は

そう押し花
童話的世界の湿潤が夜の蒲団の中で温かく
地球のコピーライトが鼻をうつ
乾いた顔の横からの横顔がひらひらと
回っている
回りつづけて渡り鳥のくわえた一枝
まるで人の名のよう

まるで花の名のような
私の私たちの名を含んでいるミネラルから派生した微分がつまり私
ひらいた私はひらいて
近似の森で
はにかんで座っているほつれ髪がぱっとひらく
詮ずる所
季節という駆動が赤らんで座っている

Hannah
という鳥

咲いた先は雨の音が
した
のではなかったか
魚の花弁は静かな表面で
話題には事欠かない
かもしれない

必ず

水に沈むということがある春は
海の向こうで波の音が
きれいに咲きにおっているのではなかったか

そう思う

前髪をかきわけて広がる風景に
花粉が回りつづけている
扉のように黙ってしまって

声を拾う仕事だけで回る邑を一巡りしたかった

音を狂わせる

Hannah

詩の逆接は遠く美しい

遠く
美しい

それとも
声を失わせる
花弁の滴にしたたか鼻をうって
血のにおいが一面に広がる

原画だけがずらりと並べられた資料の部屋があって
人と人が並んで進んでいる
こそこそ話や
ふふふと笑う睫の端っこ
パネルには中学生のころの友だちが色を失い
肩に手をおいて支えている
手には部屋の鍵がいくつか音をたてて ぶら下がっていて
回転扉に付け替えようと昨夜話したことだけが
宙ぶらりんと花弁を揺らしている

正多面体の海がどこにあるか？

無音という花が
ワインの名のように
私の手のひらを転がっていった
球面の Hannah

元気な鬼が笑って走っている
人の科学の百年先の技術が
詩の鬼なので
感情という情報の大づかみな束だけが
早く消えてしまえば
消えなくても
消えなかったとしても
詩とは語るな

詩の鬼を駆動して
殲滅した跡に
（おおそれは現代の荒地！）
鬼が並べられたら
今書かれている詩は
一行の首となって
花の季節に飛んでいくだろう

遠く美しい正多面体の海に咲いた花が私の一行

乾いた波の繰り言に耳を浮かべて

一期の夢を
私という花を
私というものに渡すことなく
デタラメに
まっすぐと伸ばしていったその先に
一匹の蛙が舌を伸ばして
羽化したばかりの蝶を吸い取っていた
私は死んだ
ようやく詩は
式目の手先となって時間を手に入れる
死んだ私の眼孔から耳孔から鼻孔から臍孔から肛門から
さらさらと
さらさらと
流れ出す

鬼が自転車に乗って
声を丸めている
なだらかな丘へと続く勾配を進みながら
ここが丘ではないかと
思い出の端に浮かべながら
ペダルを漕いで
立ち漕ぎして
どんどん遠くなっていく
たったの一行となっていく

人型の詩が霧と立つ
歯痛の時
雨水の人

時として雨水の人は
抱かれることを目的として街角に霧と立つ

雨水のかすれ
改行されない一行

スカートをはいたまま自転車にのって春までは暦のとおりにきれいに並んで（それは風で
風が
はらんで
新しい歯が生えてくるまでの時間が
人型の詩として
はためいている川のよう
これから降りてくる雪のよう
しんしんと
春を過ぎ
春を待つ
仕草のなかだけで話に耳をむけて
遠く鉄橋を列車が書かれていく
〈詩を註するものとしての詩〉

詩を注するものとしての花もしくは花

ヨアンナ　ジャンヌ　ハンナ
おまえたちを傾けて土地を譲ろうと思う
詩を制作することの花である理由はあるのか
雨水の位置で詩は終わる
春から春までの非現代を書くこと

列車がちょうど森を抜けたところです
スカートのなかで見ていた光景が
ゆっくりとひらいて

しんしんと
森の外を制作してみる道具
乾ききった木の皮で覆われた
馬具としての匂いのなかで
夕食を口に運んでいる
〈詩を注するものとしての詩〉

花の名は
ヨアンナ（＝ジャンヌ
　　＝（ハンナ
　　　　　　　＝）ジャンヌ
（＝ヨアンナ
学名という図譜を荷台にのせて
河川敷を漕いでいくスカートの花や花々
警笛のように鬱蒼と
森ですね　あれは

ずっと来ない春ですね
また来ん春という
春だったんですね

はるばると
雨水まで見はるかすことができました
花の名は
ジャンヌ（＝ハンナ
　　＝（ヨアンナ
　　　　　　　＝）ハンナ
（＝ジャンン
学名という図譜を荷台にのせて
河川敷を漕いでいくスカートの花や花々
警笛のように鬱蒼と
森ですね　あれは

ハナ

湯葉みたいな機械だ
雨水だけに

季語みたいに散って

花の名は
ハンナ（＝ヨアンナ
　　＝ジャンヌ
　　　　　　　＝ヨアンナ
（＝ハンナ
学名という図譜を荷台にのせて
河川敷を漕いでいくスカートの花や花々
警笛のように鬱蒼と
森ですね　あれは

おや
蟋蟀ですね
これは逃げそこなった
蟋蟀ですね

電熱器の上まで届くものを
すべて拾い集めて私はある
かくれんぼの追いかけっこ
滴のような呼び合う声は滴のよう
演奏は時間
流れていくことがすべての意志である
身をゆだねる流れのすべてが私という音楽
角度を変えてトレースされる横顔の文字が
ちりばめていく白い歯をたどって
カノンのように笑うのに
司令は私の振動そのものだった
流れやまないものが立体的に文字で書かれる
戦争にいく前に
少し其処ら辺でも歩こうとする

学名はまた
新しくなるだろうか
演奏に近い筆致で私は
恩寵の中にあったのだろうか
正多面体の戦争に乗って
河川敷で風は
髪を

手を振りほどき
広げられ手をかざす
あの日、お日さまにかざした私たちの手のように
幽かに
音楽の終わらない温度を知ったのだ
紙の上に刻まれていく
又と
又の間の放出や
名を告らせる
川を挟んで私は
私は思っている
神話になれば戦争も始められる

口笛を丸くしながら
手はあんなにも太陽に近い

袖まで暮れ方になり
明かりのない部屋に
窓から暗くなる
仕度をしなくてはいけない
この身を
しくじらないように川へ
暮れていく身体の流れは静かとも
ともいえない
明滅していた袖口から手首が現れ
声を通して文字が
表情となって
匂っているのだから部屋と
つながっている詠嘆だけを川へ
見えなくなった景色として注ぐ
胸元の破壊が
遊びながらすする
データの幽かなゆらめき
温かかった腕の中
変体仮名の周りをすする手の
伸びていく波が同心円を広げていくだろう
輪はいずれ消え失せるから
袖の皺ひとつひとつ分の
指呼が垂れ下がっている川の袖
笑っていると思っている

なびかせて

降りはじめた名を
袖いっぱいに受けて
連弾で
幾度も交叉する私の袖は
笑うようにきれいで
明かりのない窓に
夕暮れが
終わりはじめているのだろうか

薄い
名前を
ひとつひとつ
集めたものが
世界であったことは一度もないのに
紙のように
切りとられていくだけの
戦争を私は生きている
生きていく

スズメに搭乗して
空の青にひとつのように染みて
響き渡って
私たちの
人々の上に音楽があんなにも
降っている
紙のように

音楽のように
口笛を丸めながら
指づかいのままに
白い歯を採譜して
そのまま音楽は私であって
出撃したスズメの形に切りとられた
紙のように
鳴り響いている
世界

神話を
生きていく

髪のように

電熱器のように

神のように

生きていく
ような音楽が私

結わえられた馬の紐と同等の花が
戦死した花とは何か
変わった名で呼び合っていた

風のない
庭を渡る風の庭で
水の音という名の花が
何か変わった音楽を

耳に廂をあてて
着弾する格率が名前となって
また来ん春に
起ち上がる私たちの

神話を生きはじめるのか
間違っている

は

だから咲かない

春が来たというのに

下からの水面はあまりにも硬く
質は遥かな話し声であって
耳を浮かべた
照射された耳の形で空は成っていて
鳴っていて
澄んだ面は走り出した髪の深く耳を
澄ませているために
終わることなく繁茂していく仮名文字の
跳ねや払いの澱みとなって
記憶を象形化する
了とする

超えたスピードで

花を飾りに
出撃する私のほつれ髪を読み取って
波紋状に拡がる

ハレーションという視聴覚は小部屋のしずもり
あるいは花と　花
☆の形に乱れ咲くという文字が匂いやかに
周回の遠心とする
ディレイションは花の思い出
片言のママやグラン
束ねた指のいろいろの花びらも
近い面の　立体
立体化する立体の面を
可とする

スピードを超えて
スカートのパラボラ状に開いて
散っていくのを眺めている視聴覚が
花と咲いている

遅れてきた☆印の輝きも
記憶も
回り回って完全な
星の渦巻きとなって
私のまぶたを彩るから
ぶっ飛んだ死に方の近くで
息をするそして澄ます
湖面に記されるものの形や
形の縁に根を張った記憶の輝き
あるいはまばたき

加速する

翅の紋まで漸近した私の恋
花のたとえは今も生きているのか

撓むことのない速さの美しさがつくる形状の開ききった過度が横座りして指で地に仮名文字を
封書の形をした衣服をほどいてゆき次第に現れる枕の並んでいる羽虫の指さきで呼び寄せた
指で地に仮名文字を滑らせている

散っていく花のように拡がる図譜として
取り出される記憶の可能性としての私
そして花　花々

ハレーションする湖面を基盤として
記憶を配置してみる能力が
可視化されたものが私の膝で匂いをつけて
湿っている
学名を超えた滴をひとつ落とす

漸近してくる影のおそれに薄められる
にわかにつぶやいてみると

振り返るとそこには
ついさっき記した仮名文字の
横顔が映り込んでいる
朝はまだ早い

窓をうつ音が聞こえてきて
Hannah
遠く過ぎて行こうとする仮名文字の
目がひらいている
夜はもうそこにはいない

何も身につけずにすり足で進むと
廊下が立っている
時計はどこを見ているのと思う
まばたきの間だけが
物が動く

交差点から交差点へ放たれる波が
すべての声を拾っているのだろうか
一斉の
人がひとりのように
火のように
通過を覆い尽くすのを見た
フードの中で
声を見た

火の立ち上がるためのオードを見た
女の人の衣服がまだ文字だったころから
ずいぶんと遠い袖口につたって
深層のコントロールパネルに書いた
たった最後の文字

揺れているものが眼底に沈んでいたのを知った
汀の火は
復元を遠のかせてしまった
雨と落ちるまでの
わずかに平衡に揺れている惑星の
リングを嵌めてあげた
内側に文字が刻まれていて
まるですべての仮名文字は誓いであった

燃えてしまえばいい
汀の位置が少しずれているのを
軌道から知った
惑星が文字の流れが模様になって出来ているのを知った
朝だったから戻すこともできず
息をつめて　目はそのまま捉えている
形の価値だけを種火にして
燃えるにまかせている

夜を待つすべては明日から巻き戻るから
なだらかな坂のような再生に
動的平衡の泥に沈むに任せている呵責と
複雑な季節
ずいぶんと指の絡まり合った
筆跡をほどいていくうちに
文字列は歪みはじめている
炎みたいに歪んでいる
フードのままで
声を
私に届けている私としての位置
や波の音
それもかなりひとりの

指の形に合わせて
私はできあがっている

鳥だった

雨がフードを濡らすのが聞こえる
雨がフードをつたって
耳を濡らすのが聞こえる
交差点に散っている
声も匂いはじめて
全部の泥が筆順どおりに
喉をふるわせている
鳥だった

沖から戻ってくると
軒にぶら下がっている箇所で採餌は形をとり

ふたたび上空に浮かんでくる
一閃のさえずり
耳の中の雨
一斉の
私は波となって
遠い朝焼けという永遠にも似た滴となって
缶を切るように
飛び立っていった
赤さが書かれていた

書かれたものは
価値の顔をした声となって
私をはじめるから
朝に
鳥がベッドに
リンゲを転がす惑星の名の鳥が
寝所に

までの距離が歩いて
地面がへこんでしまうことも

海へ出る道を望遠で広げて
馬が駆けって歩いている

静かだ

燃えている

海のように

火を放ってあげる

火がついた

日没の日で

燻り続けてばかりで曲面は捉え切れない

歩いているのに
つかめない川の流れが鏡だったら

眼下に広がる海の滴

つたえ歩きが目の前で

冷たさの火で暗くなって
地面まで海のように

見下ろしているから

立ち上がったばかりの熱が照らす

密にも似ている

吸い込まれていく真昼が
足を持って

焼け落ちた足で
渡っていった
さざ波は
目で
歩いている
海を広げている

海に見えなくなってしまった

消える前に呵責が仄見えていたという

体位を変えて

目に沿って曲がっていった足の
距離が歩いて
火がゆっくりと

水のような言葉で満ちている
わけもない

打ち上げられた足跡を捉えて

濡れてしまった火が真昼を明るくして
くれている

火がくべられる火に目の溶けて広がっている

日没はまた昇ると宣べられた

見ると空だらけの空に浮かんでいる

鳴らされた磁石と生きている石

位の音が空と地面を巻いている

空しかない空で落ちている

地軸のように屹立しているために
だ

ボールが投げられた前に
ボールの位置が開いて
音がする方から
生きている位置が道を伸ばしている
カラーボールだったことに
知り
コマ送りの色が移って前で終わる

ホワイトバランス
と言っただけで
表情が飛んで空高く
なびいている
知り
はみ出して映りこんで

道で写真を撮っている電話ボックスが
生きている話をしている

気象衛星が光った
古い唄を思い出して
回りながら目を開いて
水が散り
花を咲かせ
心臓が並走している衣服を
解いて
映っている化粧は空はすっかり浮いている

自転車道が並走して生きている
声が開いて
道を譲り合って摩擦が生きている
表情の声が開いて道が開け
通りすがりに水が湧き出ている

間合いが刻まれている
空気の動きが風景とどう違うのか
水に映り
はみ出して
交差している
衣服を解いて流している

目覚めの乾いた温かい日増しが
雨で映っていたら
滑って逸れた道で自転車が生きているかもしれない
空とほとんど同じ紐でつながって
空に祈っているのと同じ交差で
浮いた球筋が
噎せ返った消えている

細い連なりの道が交差点の視線で
繰り返されているもの
長い時間だけ
区分けされて嵌め込まれる出来事を通じて
色をなしている

金網に引っ掛けられた袖が紐を出して
流れている
自転車は巡るのは
水着の速さが病んでいる空から
降っている色の鮮明な
水着の速さが生きている

喉がちょうど乾いていたために終わらず
濡れたまま着て
体を離れたところだけ空ではためいて
海を散らしているフレームが
列をなして生きている

たとえば
赤く広がって視界が沈み
立ち漕ぎしても間に合わない速さで空が切れて

物語の中を生きている踊り文字の
濡れているところから空が昇っていって
紐が漂っている
ボールが届く距離で話しかけ
長い間なびいていた
なすすべもなく生きている

触れないものは
触ることの信じられない水として
ずっと映っているだろう

記憶がすらりと立っている
修正された雨が濡れて光ってい
自転車の部品が一つずつ取れていって
音のように取れていって
思い出して
組み立てて
鳴り始めたばかりの心臓が唄っていることと
同じように心臓が唄っている
気象の図面を広げて
採譜していく水が
紐状の弧を描いて裏返った
ずっと
静かに
戻っていくのは
止められない記憶は
取れていって
白い軌道を描いて
メロディーラインが尽きている
なすすべもなく
映っている

紐は
水は線上は垂れている

向かっている方向が垂れている紐が見えている

水に零れ落ちていったとしても
天象の幅は変わらないから
生きているから
水着が透けて見えているくらいには
速く広がっている
はみ出るくらいには
水量が見えていて
目が見えている
線上にある
きれいなページがめくれて折れ曲がっている

もう靄からは
見せているスカートの模様へと語りかけて
見せているために
肩甲骨も起ち上がっているために
水浸しになってから
泳ぎ始めた
ばかりだった春の花へ
はいつもの
色は対岸からの靄のように
沈んでいくために
泳ぎ着いた指先へと吸い込まれていった

乱世の茎がゆれている
たっぷりと水を含んでいる
彼女たちの水にも
曳航される花がひらいている
川が陽を弾いている

春ごとに流るる
川を花と
見て折られぬ水
に袖や
濡れなん

文字がつつましくつづいている
白い流れの中でが一つ消えた流れに

私が束である前に向かって解かれてしまい
律令のそとに流れてしまうしまえるままに
私の肥料となっていく
花になっていく
白紙の水で濁ることもない水という
文字にしてみたくなったという
それだけの時間の茎に過ぎない
私という束の
筆圧は流れていくに任せるしかなかった

きれいな
見えているのは
ばらけた私の
細密の

うす羽かげろうが
したためて見せた
人のための紙、
仮名で書かれた私信を落手は
許すことはないでしょう。
位置がコンパスの輪から逸れていった。
円周はわたしは
手のうえの仕組みとする。
人を、
紙を浮き上がってしまって。

花嫁Ⅰ

さりければこの男、もし来てとりもやするとて、花の中に立ててぞ

平仲物語

春らんまん

ふけばとぶような
セロファン越しにみたり
やぶったりしたあれは
春とおもっておればそれだけで
気もそぞろのようなかたちになって
ふいに花やぐので
おかしなことだと思うのです

切っ先のとんがったお昼のあと
たらたらと話しこんでいたら
たらしこんでいたら話がわいて
もりあがってますねと云うので
べんとう箱をあけてささやかなシエスタにした
ちょうどいい体位のままそれからふたを閉じて
ながれるようにたがいに
はかないことですよ

よりによってより子がよりによった夜
わたしは知らずにより子のひざまくらに
水の音をたて糸によこ糸により
まるで黒いものが空からおりてくる
そのものを迎え入れる長さとなって
とんがっていたのでした
ちょうどカバンに今戸心中がはいっていて
変目伝もはいっていた
いわばそういうものなんでしょう
おお
小柳に
咲きにおう下がり藤の花も
むつれたわぶれうちなびいている
春よこい
春がきた
より子より子
すっかりのぼせちまった日の出まくらに
命のいろをはなやかにそれは華やかに
一条のたくましい蔓となって
よれた水辺にひたっていたいと
思いませんか
思いましょうよ春なんですから

はかないことでした
えくぼをかいて目をふせたのでした
それはしずかな休憩時間と思っている
すっかり思い出してしまったため
こぼれるものも
ただ春の夜のゆめの
技術のたまものをさしだして
切っ先の
とんがった
お昼の
あとを
たらたらとたらしこんでいくのである
夢みたいな顔をしてね

明日からふつうの春になります
女の子のうたになって
会話もずいぶんはずむ
春は
遠い心中のためらい笑いのようで
うたの中でもいちばん好きなころなんです
はる立つというばかりで
花もかすんで
みえるというのです
女の子のうたの奥の

いっぱつきめてからそのひっつめを
　み上げる
　み下げる
けさのことばはそこからはじまる
　おはよう
　夢みたいな顔してるね
若いみそらが落ちてくるから
　すこし喉をうるおす感じで
　いけると思うから
ひっつめが犬をつれているあとから
　つけていったら
　つれていってもらえるから
　ひっつめが云うから
　おはよう

そこかしこに色づきはじめて

花のところがかすむほど
春なんです

めろんきゃらめいてきたところで
目があった
いっしょに行きましょうときたから
ひとつぶ目をとじて
すすんでいくとにわかに
うっそうとしてきたそこは
千代紙のおりかさなっている寝所で
甘いのは枕にしみついたにおいだけではない
包み紙をこそぐとたちあがってくるものもある
いわば
作法のあとの
ぬれた目にみえる縫い目の
気化していった春そのもののたてる
たとえば洗い髪

ふたりは手もあってつながっていく
すこし渋いほうがずっとながく
ながく息ももつということだ
摘みにいったさきで知った表情の人たちの
中のだれかであることはまちがいない
つめたい手だなと仰ぐと
握りかえしてきたのでこころの隅では
変目伝変目伝
いって心をささえていたのだし
つまるところ
連れだっていってしまうのです
しぶい顔だなと思われまいとして
店があったのでお茶をしばこうしばこうと
そういえば喉の音程がかきがらでしたから
手もじっとりと汗ばんでいたのかもしれない
ややあって
ひと声ないて
春の鳥がひいていった
つげるとそうかなという顔のあたりは
色づきはじめたそこかしこのつぶやきが
ちっていて
ぶつぶつと芽吹いているのがその
つながっているふたりの茶葉だった
それでいいでしょう
そこがいいでしょう

もしくは吉野紙
春そのもののたてる

わかりあっていてもそれが祈りなら春は
ところで、さて、今では常識となっているが
バラードの結晶世界の美しさというものがあるとして
それがないとするとバラードの結晶世界という美しさも
わかりあっただけの美しさであって
春はとおいなと思うばかりであった
ただただ水の音がしている

戦時中のことですと前置きして
小用にたった
のこされためんめんにもそれはあったため
川のながれは百年たもたれるだろう
近い将来には江戸東京間が
三つでうまるといわれ
外堀のほとりで小用をすませた
はねかえってくるもの
三つの内堀での暮らしや習わし
淵には桜がにおい
淵をぬらしている
口をとがらせて桜さくらと言いつのるのも
わけあってのことなのだ
妙なものでこの春にありながら
また来ん春と人はいう
調べにのせてろうろうとさせている場合もある
そういえばそれで戦意昂揚詩なのは
いっこうにながれてこないめんめんの小
ちいさな恋だからで
いつでもぬれ縁から飛びたつ心づもりに
火がついているのが外堀からも見えるだろう
つらいことです生きるのは
とはいいつつこれからも時あって小用にたつこともある
桜の木のしたでいつまでも

だけのたたずまいが文体のかたちをして
人たちに伝わるその仕方が
美しさというものなのかもしれない

かかとおとしのおとをきくと
ししおどしのかかとの声がする
いいな
これがにっぽんの春にほんの春
せんじつめればかなづかいにすぎない
口づたえの見せ消ちから
もれきこえるひそひそおもいは
やりきれずに乳房にまわすのんどであったり
やり水のまいたなでさすりそっくりかえりであったり
こん
というのはいったいいずれのおとなのか
花なのか
こんもりしたふくらはぎからのびる毛
ひっきりなしにのびつづける謡い

日のあたるむすびめにしばらくあると
ひかりは斜めにもたてにもすぎていく
　あるとともにすぎゆく春
　　ひなあられもすぎゆく
　いともたやすく日はうごくが
ともにながめていた気分のさしこみに
　　ふたりしてある
　　　と思うと
　ああそれは声ににせたハレーション
すっと走りぬけていった痩せぎすな桃いろ
　かわいい雛のたもとにも同じ桃いろ
　　器にもってすっかりにおいも
　春にはそれなりのもてなしぐさが
水けをすってふくらんでいるのでしょうか
むすびめをといても春にはちがいないのだが

ただまぎれもなく花粉という
　　小指は受けた
　さいたさいた

もうこれきりしまいにして
ただくるくる狂いたおしてしまいましょう
おとたてて

うすむらさきにかすむころから
うっすらとわたしたち
いろいろなかたちのものを
ならす
音に
消えていった身をおもう仕組
おかげでめいっぱいあびるわ
これまでの複雑なはたらきとか
戦いの袖とか
せせらわらった追いかけっことか
身をほぐすように食われた春の鳥とか
あらゆるものは音となって
わたしたちをうっすらとさせる
むらむら過ぎゆくすきまをぬうて
むらむらものみの鳥むらむらと
春のきたほうからむらさきに
かすんでみせている

ものほしげな
空からみちてくるこの気分
横にいるに手をのばし
をにぎるとてもしずかな春
いつかきっと今生のはだ寒さで目を
見ることがあるかもしれず
かという
游泳のらっぱ呑みがおどっている
たのしい音にもひっかかっている
とてもしずかな春
につないだはずが
春一番にさそわれて
とてつもないさいたさいた
さいたらっぱの声がする
ふくみわらいしらじら
うごくものがうごきはじめた
うごきはじめたうごくものが
春だったんだね

ただおもえば気分はもう赤色で朝
顔をあらって口をゆすぎ
どうもちかごろはあてのはずれたように春
の空腹をみたすわたしである
だからといって更衣え

たまふりかまわずいろいろと
生きてきだしためんめん
足は地についている
のどかなままではいられない
目についたらかぶりつき
気がついたらきえている
なかまっていいな
ノスタルジアの長まわしの春
たまきはる春のかすみのみのほどの
いろいろいえそうなくらいでいい
もっかいれかわりはやきがえでひっくりかえり
ろくろくねむれやしない
もう起きてるのねむそうな
ひとまずのどをうるおして
水でうるおして
ついたりきえたりする気分のように
うるうすうるうすうるうす
気分のように手をひろげてねらいをつけて
うごいた

背すじのきりこんでいるのは
お春のふるまい
目くばせしだいで走りだす

一行をみつけたから書きうつして
なるほど朝にはそれなりのなりふりがあって
とうつして
からみつけた一行をうつして
なるほど朝にはそれなりのなりふりがあって
更衣えはもはや気分のそれしだいのようで
それでもすすむしかないのですよ
すすむしかのこされていない
にわかな春のわたし模様をただ
おもえばはるかなひとり朝みたい

きっときれいな人だったんだろう
のりこんでしまって雨にみえた
しばらくは降りやまないおもかげだな
おまじないみたいな月かげだったから
春やむかしの
のなんとはるかな気分だろう
袖の
涙に
の慣用にかさねて
やどりける
をもってして一気に
おもかげの

きっともじもじしてたんだろうな
のこしていった足おとも
まるで季節みたい
ふとするとぶつぶつ云ってた
春よこい
いつかからました舌さきが
そう云っていたからまちがいない
むろんやってくるのは猫ちがいのらちがいで
ぴんとのびた髭くらいはっきりそれは
おもえる
風にのってお春のくるまは
ころころおとたてときに
猫くらいはぺしゃんこにして
となりの髭をなでさすっていたりする
もう貫禄ですなと相づちうつばかりの青柳に
わたしのしねんはふくざつさをましてからまりつく
ああいい風ね
お春のひたいは青くすがしい
いったんわびでもいれようかとお茶をすすった
おとがまたなんともお春の
わらい声と入れかわりたちかわりわたしの耳を
さいなむのでございます
お春のおととわらい声とでございます
それはわたしの舌もしっかりとおぼえていることで
おもわず自分のゆびをくわえこんでしまいました
おおやはりあのおとだ
あのおとだ

かすめる
まですすむそのおもかげはわたしではない
だれかのおもかげであって
あってしても春霞に
かすめる
これも気遠くてぬれているしかも
春やむかしの
の春のかすみにかすめる
に月ぞやどりける
のはもっとも重しのきく慣用の袖の涙であって
生きているわたしと思っていたんだろう
気をよくして春さきまで眠れる
きっときれいな人で
雨をのこした在来線にもひとすじの
ことばの水がやまないおもかげを
ひとつひとつやどしているなら
こんなにうれしいことは
きっときれいな人も思っている

おまけに匂いもそんな雰囲気かもしはじめるし
風ふけば
いとよう化粧じてうちながめて
手づから杓文字をとって
お春がいましも白浪をたてはじめたのでした

夏なんです

石をそろえ右にそぞろ
ひねもす腰をかけている
内輪のはなしも冷やかしぎみな
ほうぼうでおのおの気ままに
ひびかせている石
石のうえの思案が夕べの
水うちばなしでぼうぼうと
のぼってくる戦前
ああ
たしかにわたしたちはあの山を
のぼったりしぼったりした
暑気をうっぱらってそぎこんだ
せせらぎってしまった肌を
あわせた数だけのつやと
はりを
石にみてしまうのは
よくないことのようにのぼせるのですよ
そう石のうえで思いあわせ
ぼそぼそと云ってみて
ぽっと染めた真夏の

草いったいにパークなら
鳴きしきる蝉のぱらぱらという
声をのぞきこんでわたしは
いっときのしずかな原
閑原という地名となって
はみだしていってしまうのです

ぶどう園がそそと
かまえて
がっぽりといくそのからくりには
拾えば豊作まで一直線の

くるぶし
いっちょかましてやろか
ちょろまかしてやろか
暑いですね毎日ほんと
ひまだというのに

かわいたままで着こなした
シャツのいろが海まで届いていって
彼女のみどりもいま
さかりのついた
潮のさわぎのように見つめあって
いたんだ夏が生まれますように
そうはいっても母屋まで車をとばし
株価をいろいろうごかしている
ほどの時化では舟もうごかずシャツは
いっこうにかわいていないのかもしれない
どうやらわたしたちは
クーラーのそばで睦みはじめたようだ
海のはなしなんて
するんじゃなかったと思い
海を空想しながらいたのでは

　　　　母たちのしだれまびきが
　うっすらとのびているのであった
　　ぶどうのおいしい季節であった
パンにはさんで食べるとよさそう
　　　　　　　　のびざかりの
　　　　　　　むしむしとした
眺めのように生きてきたのだもの
　　　ひと房ごとにいろどり
　　ゆっさゆさと小指をからめて
　　　　枝にしっかとからめて
　　　　　　なじんだところで
　　　　口にふくんだ母たちの
　　　　　　　　　　　しだれ
　　　　　　　　　豊作だ豊作だ
もうほとんど信じられない気分だけが
　　　くろぐろと気散じて
　　　重さをもって夏めいて
きたから口がぬれてよごれてしまった

いろにぬれない潮の
ちゃっちゃっ
という音も気になって
やはり舟はうごかせない
夏の思い出が
いい陽射しを受けている
彼女のドライビングもすごい

眠るたびに季節だと思う
二人でそれが夏だとしていたわけではないけれど
シーツの上にちいさく置かれている
泣いたりわらったり狂ったり
走ったりしているのも
夏にはじまった
もうだるような卵の黄身のまんなかで
きままに泳いでいた（たしかクロール
息つぎみたいにものを食っていた
あれもこれも縁日の金魚のように
親とはちがうように
子とはちがうように
泳いでいた
泳いでいるうちに
夏の色をつけたり消したりしている
かわいい鱗のうらがわでさわった
波立つ衣服のうらがわでわらった

追いこめなくなって泣いてばかり
イルカの海面はみえない
似たようなシルエットをそろえ
あのころは駆逐艦も地平をかざっていたっけ
さだかにも思いいたらずいろ仕掛けにでた
サメ肌ともちがう
心のこりのともしびのようにきらり
ひらめいた白い腹が焼きついてしまい
ためらいのみえない食いかたもない
やさしく腹をさすってやらねばならない
云うだけの人びとのそういえば
みんなイルカの表情を浮かべているから
なるほどと海へしずんだわけですよ
沈みながらみんな目をとじていた
ふとしたきっかけでわかりあえるような
イルカの顔を浮かべて
くりかえしくりかえし
一気に海面をさらってしまうほど

かいたところがえくぼのうらがわで
ひざをうったという
さきほどそういえば転んでいた

わさわさして
とてもしあわせだったのかもしれない
前髪がこんなにもみじかくて
近い夏にふとのぼせた寝顔

もういくつ寝ると一堂のはしっこに
寝相の波がうだうだ
つれていってくれる夢のなか
つりあったのど仏がいつまでものべられていて
あまねくすくうように編み目がひらいている
まぶたにならんでいる睫が深い
寝息をみせ消ちにして耳はちいさくかわいい
寄せてはかえすひらがなひとつひとつ
ひとつふたつ
たてて
熱のひかない文字はととのえてしまえ
やっこさんに織りこんで
目鼻をととのえてはじめて
浮かんでくる文字の表情とともに
夏の花火が
しずかに思い出されるときが今から
とっくになつかしい
夢みてたみたいな夜の夏日ぼうぼう

寝息がこんなにも深い
ひよこがお空でおひさまにおこっている
たたかいは横むきにでもできる
うしろからつかんで投げてしまおう
やわらかい心音をつつんでおく
というおきにいく感じで
ゆびを曲げたりのばしたり
さわりまくっている
夏にかいたひらがなのようにかゆく
ひらいてみるとおり雨がとおく匂う
いよいよできることの波が
めぐる夏の暑気を乗りこえてしまう
いつまでもそこに立っているわけではない
すこしだけ濡れていたてのひらをたどった
金魚すくい

水をはじいてとびはねる
子守唄の大合唱があればいいな
核のはじいた時間だけ
のびやかにすくすく
変わりばえのしない夏の
ぐわんぐわん
さっきまで白球を追っていた水が
ぴんとはりつめる
みながいっせいに見あげる
あまりに遠い韻律そして

のみどのひらいたひきだしにいすわらない
声としてすら火をはなつ
わたしたちは前にすすむほかない
ふさわしさを立后せんと
すすむほか
すすむばかり白い
いそぎのしたくをいそがせ
おっとわなみの知ったことではない
うすぎぬのないところをうすぎぬとしてながめ
わなみの白いおもわれかたをゆらしつつ
すわるところばかりさがしている

もし生きるほうによっていくことを
夢にすぎないと信じるなら
受粉をダンスのようにながめくらす

早めの夕ご飯
かきこんでいるときがもっとも
ひらいてみたりわらってみたり
水っぽいなんてものじゃないわけだ
じきに忘れきってしまうはばかりを拝借するものだ

ほたるのうっとうしい流れは消えている
消えていう
バッタやイナゴのはねものをいのちとおもう
いのちとおもうつらなりのさきに
ぽっとともるものを
つまんでほうりなげるくりかえし
くりかえしくりかえす
いろいろいろいろとはねもの
ひねもすなきやまず
つど二手ではらいのけるしぐさも
はやはねものめいてくる
狂いかたもあるものの
いのちのありかたについては
うっとうしいついたり消えたりの
ついでおもしろいことだくらい
人生をのべてきましたとも
そうですとも
沈むようにはねもののにおっておる
あんばいで

ひたむきな
深い森の土ふかく
目をこらしてのどをならそう
いっせいに蝉が散っていったよ
それぞれの目がうつしだしている
ながいあいだふれあっていた水辺
水にうつった花房の波が
音をたててくわえこんでいった
あ
わたり鳥のあなたでしたか
とおい国の水にいこっているので
生きているってとべないみたい
もちろんそれを夢と
いいたかったから
夏だったんだろうけど

水にうごいて生きているものがいるということ
大きいのや
ちびっこいの
きもちわるいの
長ぼそいものらすべてならべられ
夏の初日に汗をふいてやった
ふたつの腕をあやつって
泳いでいるように水は透きとおり

数理的にはねかえって月をまるめ
まるめてころげおわ

のぞむならくちぶえであやつって
池にむかってはねてみよう
いろいろなさかなの
せびれがうしなわれた
昼のさなか
すますとおもえてくる
汀というかたちは
耳でうけとめてようやく
水がおとのかたちをとって
暑気をはらってくれるのはこれにかぎると
えら呼吸ならできるだろうと
いばり散らしているばかりなのであった
じょうじょうじょう
それでものぞみうすといえますか

きって
遠さとちかさの見わけも消え
うだるような夏
みしみしとふくらみはじめた
思い出のように水のいきものをあつめ
ひとつひとつ呼名していった
ひとつとして憎むものはなく
かけがえのない寝相をしてゆたかに
たわんでいる地球のころがっていくさきに
わらいたたずんでいる寝息
雨でもふりだしたよう

きおくのつがいで鳴きしきる
ごろんとした蝉を
ぴょんぴょんはねて見にいこうという
ゆで卵のなめらかさで前をむいて
めくれる夏のひぐらしすずり
いたわしいなあ
いたわしいもの
みんなリュックにつめて

ひとりでは寝られないという
いくどめかの戦にも
いのちのながれがあったこと
生きているうちにいみじき肌をのこしたこと
それくらいのことにひるむ
まるいものみをつかわそう
炎暑のけもののどまわり
炎暑のけものののどまわり
水のまかれるのははねるもののため
いのりのくちを
すすぐおのおのねむり
にっぽんの夏

そば女のかたすみにながれている川もひかる
いっせん一戦ゆるりとするまもありはしない
きとくといえば
さとにげる蝉どものまぐわいも
おなじくながれているであろう
しらなみのたてる水滴ひとつひとつの
ことなった照りにも
宿るようちゅうやゆで卵をはせよう
爾来えんえん
とおのいていくばかりの
矢おれを蝉の羽ひとすじにあわせてみる
しずかにひぐらし鳴いているすずりを
坐ってきいているようなくるしみ
さびしみ
ひと筆ではいてしまいましょう
ゆえにいいさしことばのいずれもが
夏なんです

あしたてんきになあれ

いどの深さやひくさにあらがえ
母は
生みだしもした
幾重にもほそくにじんだ
かえり道に待ったりして
舌かんで
えびぞりになってぶらさがってやがて
夕餉のしたくにもどりました

きりぎしにさしかかり
つと背をついた
とたん
泳法があらまし
いういうと水をすすみだした
あかるいうちのゆう泳はたのしいばかり
ぎょえいのように浮いている
ぎょえいのみつかるまで
もう息つぎをやめてしまっています
きれいな流れかただったと
はなしています
それはそれはさざなみの

いみに夢中であるのみか
　はなしをこめて
　　ふくめて
くだものの棚をめぐる
　めぐりあわせに似た
　　ほうもんや衣紋
わたしにむけてむいた
うなじにも書体があったり
　まったりしたからだ
　　　ふくめて
　　　くだものの
　　　　めぐる
　　体位をからめてから
からっきしのびてしまって
　　　　律令
めぐり気のぬけるという
　よみ方をめぐる

　まわりくどいしかたで
　　まるくおさめる
のどのあたりがたしかに

こえのちいさで
すっかりしめっぽくすすいでいたようです

ひらかれないおんなもじもないように
ひらかれない詩はないのに
ひらかれていないというのは
それはひらかれているというのでしょうか
ひらかれた目でひらいてみたら
すっかりぬれそぼっている
もじもじしたおんながきれいに
ひらいているのに
いくじのないことでございます

やめどきというものも
いっときのときめきにすぎない
ときもある
いいいろのこえをのばして
ますますうなじを追いかける
にじりでようとするこえも
のがすまいとじりじり

いいふしでふるえている
おおにっぽんのうた
ふるさとのねむり
浄瑠璃のわだかまり
にえきらないめおとの
よなよなよなよな
みちゆきに散る
蓮花の絵ふでをまいてねぶる
したたらずをたらす女たらし
かわいいのにかわいいとしかおもえない
とのえられているのか
こころもちのうらがわから
ととのうものなのか
かわいいはかわいいと
においのする日
わいわいとずいぶんにぎやか
もうののしりあうしかないのかもしれない
かわいさ

夜どおしまんじり
いくまで
こえののびきるまで
すすむのみ

ひとつまみであかるくなる
どこでおぼえてきたのやら
げんにひるまのおもむきで夜半
山をこえてくるものもおる
ひとつまみひと輪廻
ひとつまみひと回向
しゃもじかた手にわいわい
いちのゆびと
にのゆびと
あわせかさねていろあわせ
しあわせもしょせん
ひとつまみの効能のたばねたくだもの
実のなるほうへ
実のなるほうへ

えらの息は水にはなじむ
ようにぴくぴくとゆびをまげ
おおそれがゆびもじのはじまり

暮れてゆくこころね
まずはしっかりうちこみ
ぐいと圧でしばり
赤ぐろくまかれるとぐろへん
ああもどれない
かえれない自転車のかえり道
しばりあとを風圧にまかせ
ふんでふんで
あえいでいるまわり道
たしかそのあたりは
こえののびるところ
なみうつとこらへん
これ絶景なり
きゅっとしばりさかさにつるし
すてきな物見となりさがる
果報もののいうことにすぎんのです

にくづきにおっつけるように
わたしというもの
このはかりがたいしろもの
さいげんのなさばかりが目だつ
まで
にんげんの目にうつるまま
世が

ひたされた表面をそっと
ゆるやかにひろがるあやめを追い
はずむ息はゆびをつつみこむ
しっとりとぬれたゆびのすがた
かわくまもなく
はやくなる

ほんのり世話をまたぐ
はやるこころを
せわしなくうちすえる
影をみているうちに
抱きあっているのがみてとれるながめはいい
むしろ被写から被写へのりにのって
ほそくながい手あしを
ひとすじふたすじ
みすじよすじ
めくらめっぽうにからませる
吸うてみる
ふと浮きあがる眉間に宿り
こころすくない一間をただす
はねをしっかときめ
もじのかたちのまま
うごかなくなってしまう
ふざけたすえの落書きにすぎまい

もりあがってくるとしたら
　にくづきばかり
　　目につく
　わたしがそこにいて
わたしははてしないくらい
　はしたない

　　もうもうねむれません
あしがあってむこうにのびる
　手があってまくらをよせる
どれくらいのやましさでこころをうつのでしょう
　いずれはやましいすがたで
　　　勝ちすすんでいく
ひたいをみればわかりますよ
くっきりひらいているでしょ

天気をうかがうふさわしさ
はなうたでも吸いながら
くつろいでいる
これがわかれのいみなのか
つくづく天気ははなやか
つんととがらせて空をみる
みるべきものもながれていく
いつもみていたようすでも
ふさわしさがあるはからいで
ながれはじめる恋もある
はれるおもいはうたにして
あしたてんきになあれ
あしたてんきになあれ

みえるみえる
おおきなくさめになぐさみ
くさぐさのしおりがまた
みるくせんべえみたいにさくさく
気もちをふくらませる
日本の夜あけもちかいから
ふさぎこむのはどうしようもない

抱きしめたい

すべてやけてしまったので
みない
古風なはならびも
みえなくなる
あわい心のピースサインをこえて
いくつもの針のおと
たたみこみ
朝しずかな耳たぶもいっしょに
おとしたところではない
目がひらく
かわいいのに空にいない
カメラにむかってはならびはならぶ
うしろむきにすわる
いれたてにゆびをからめる
くもるくもる
はじまるとくるくる
くるまる映写でよこぎる
みえた
あるいているころの所持や
用具のはいった朝焼け
いっぱいにうけとめて
時間よとまれ
くちにひろがる合わせ絵
あせているためくちにはこぶ

ひと文字もいれかわらず川は
愛しているという
いわない
遡上がちかい
窓からおりると
きこえる
ながれている川はみずだった
あれもこれもすっかりぬれて
しまうのか手をかさねたままつづける
手だけかさねている
まつげはおもうものがない
エンジンをかけてすすむ
うしろ手にさよならして
ぬれたものをひらいて
かわかせるときがくるだろうか
はなしをすすめると
まつげもすすむ
窓をしめても
声がぬれているわけではない
きこえる川のみずが
のびている
おわりまでかさねている水
しだいにきこうとする
ながれがかわったのだ

すなわち攪拌してあたまをさげる
おちるとはいわない
むかうのだ
かつてふれたことのない
こそあどことば
あこがれの
みかえりすがた
おはようのはなれわざ
それもやけてしまった

ヘリがとんでいるものだから
わたしたちは抱きあえない
地面からうかんでいる
ふれあうくちびる
とじたりひらいたりこれは
いきもののたとえ
みつけかたをしくじった
あたりはすっかりぼやけていた
きつくするとよくない
おもいの数だけすると
かわいいということからそれる
おりてくるヘリのおと
おとのおりているヘリのうえ
きっとうかんでいるに相違ない
ただ

　ふるえるものがまつげだけで
　　　それだけでは
　　なくなったもう心しだい
おわってしまってもいいではないか
　窓からおりてくるはらはらと
　　　のばしたまつげに
　　にているかさねた水が
　　　手のうちからこぼれる
　ひろうわけにはいくまい

　つつみ紙をほどくとひらくものも
　ひらくとつつまれていたものも
　もののあわれにそめてしまい
　ゆびでのばしたつつみ紙には
うつくしい絵すがたの愛憐がみえる
　　　　　　　てのひらにのせる
　　　　日めくりのまつげで示す
　　　　たしかな鉛筆のあとかた
　　　　　　　たしかにいた
　　　　　　　　　うたかたの
　　　　まるで口やくそくのよう
　　　　　　　　　　もえている
　　　　あまいつくりものの菓子と
　　　　　　　ひとつまみの料
　　　　のどをみたすゆれうごく料

しずか
はなした目からとどく
いきているとこの軽さや
はしり書き
はしっていく心のひらがな
ひとつひとつたどること
あわせ鏡のひだりなどがうしろにも
あわせているものがみえる
しばらくそのままで
右にかわる向きをひらいて
くちびるがある
それはとても尊い現象
それはとても
さがしている現象
さまざまないろどりをもった
ういている
鏡のうえで
抱きしめたいと
ひらりひらりひらがなの心

みはっているものと
しらべていることとの
ふさわしい
かさねかたが土地にある
ゆびでたたく
うすいシートでよめるようにすすむ
制しているものがたり

　　　てのひらにのせる
つつまれつつあるあるいている記録
　　　測定するほうと
方向をしめす手のなかのまつげ
　しわひとつないように
　　　のばす
　　　てのひらのすじ
　　　つつみ紙のつや
つつまれていたものの香が
　　　たった
折れば風をうけてどこまで
どこまで飛んでいけるのだろう
　　　ともにのりこんだ
地平がきれいにのばされている
きれいにのびたまつげの方へ

おくりつづけるから
　　　ふくらむ
　　やがてぬけていく
ほれたはれたの条約では
　　きょうのできごと
きれいにあらいながせない
わたしたちのおしゃべり

占めていることわざ
気のきいたおきものとの相違点をみいだす
語られてはいない
それとも信仰をもたれていない
世代をつたえることの
つじつまやはやり廃りのもれる音
つたってくる
勤務をすすめていくとわれる
となえるものと目をとじるひろがり
試算までもっていけ
ひとつひとつ固いところから
ぬりつぶしていくという
乗りかえのハブであいさつをかわす
それと知れずにみている
思いあたることによって
かわした契約の
運行がクローズアップ
つじつまはない
心でふれた土地土地
報復にふりかえられる
心理
あくまでも心理
みはっているからといって
しらべていない
しらべながらみはることはある
談話が人をだまらせるために
舌たらずの
いりくみ

　　　いつだったかのエレベーター
ういているから空気なのだとおもった
　　　　かげりがみえるわけがない
　　　よこ顔のうつしだす映画のおと
目くばせをしてはいけないような気が
　　　　　　　　　　していたから
　　　うつむいて声をみつくろった
　　　　　おりるようにいうから
　　　　うつむいてみつくろった
　　　かえりに映画をみにいく
　　　うつしださないでほしい
　　　まつげやくちびるの声を
　　　うつしださないでください
　　　　　　　まだきていない
　　　これからもうごくことはない
見ているだけでうそをうすめてしまう
　まちぶせしているのはしっている
　　　　　空気だからしっている
　　　お茶をひとつどうですか
　　　しずむまでそばにいますよ
　　　　　　　　　　そばにいた
　　　　　　　　　　　　しばらく
　　　たびたび過去をおもった
　あのころのようにアイスクリーム
　　　　　上階からみおろして
とけはじめたとけはじめたと
　　　　　あわせているのでは
なかったのだということを今

いりくんだ制空
どこまでもふりかえりきらない心理
つづけざまの離陸

はだしでくだものをもっている
めさきではなしをしている
通過列車のさえぎるものがある
ふたりでならんでいる
はじめてみると
すんなりとわらう
あたらしい自転車を買いにいった
なめらかでかたそうな
しなやかでおもそうな
スピードをすすめられそうな
ペダルにくだものをならべて
風のあるところまではこんでくれそうな
はじめるといろいろおもった
すわってはなしていたときよりも
みないでいられる気がした
またわらった
という
そんなことはなかった
すこしまえまでは

目でみた
ちょうど縫い目のときに
ぬけていくときに

サンダルをならべるとお店です
いろんなたのしいものがうわさされます
とてもお得なはしり方がわかります
くだものはからだにいい
からだごとひたひたにして
水のようにうかべてくれる
わらうまでまつこともできる
ゆびにつたえてくれるふるえがある
あたらしい自転車にのって
くだもののなかを
すすんでいくと
わらっていたりして
抱きしめたくなる

旅客機が雲のうえを過ぎて、
うたた寝の後、水がきれいだった。
いつか、汲んでくれていた水を、
その日はずっと陽の光をみなかったと、のどで話してみる。
人形の国で、夜を迎えよう。
空には雲がたなびいていて、過ぎるものがある。
青い月、それで。
音をたてているのだから、月にも水はきれいで。

〈末の松山〉考

君をおきてあだし心を我が持たば末の松山波も越えなむ（古今集1093）

「末の松山」と呼ばれる場所が東北の地の具体的にどこであるのか、ここではあまりこだわらない。ただ、九世紀の半ばころ、大地震にともなう大津波があり、普段は波のとうてい至らない地にも波が及んだ。にも関わらず、すんでのところで難を逃れた地があり、絶望的な出来事を経たあとのある種の希望としてその地名は人びとの口に上った。いわば明日への希望の象徴として「末の松山」と呼ばれる地はあった。

大津波の直後数年ほどは、この「末の松山」という地名はそのような脅威に対する希望として人びとのあいだにあっただろう。あり得ないことが、あり得ない規模で、事実起こってしまった、という呆然とした心情を救う一つの希望として、「末の松山」ということばは人々の心に刻み込まれていたはずだ。しかしおそらくは半世紀を経ずして次のような歌が詠まれることになる。

当初「末の松山」ということばが持っていたであろう、畏怖や自失の最中の希望といった文脈がある程度ゆるみ、「あり得ない」というニュアンスが前面にせり出した格好になっている。むろん恋心の熾烈さなんかを歌の受け手にもたらすという意味では、「末の松山」ということばが含み持っている諸々の感情がある意味効果的に生きているのは間違いない。単に「私があなたを裏切ることはあり得ない」というだけの歌でないとするなら、それは「末の松山」ということばが持つそのような呪術性のおかげだろう。勅撰集という中央の歌壇冊子に入集されることで、「末の松山」はこれ以降、歌ことば〈末の松山〉として和歌の世界を生きることになる。（既に歌ことばとして認知されていたから勅撰集入

契りきなかたみに袖をしぼりつゝすゑの松山浪こさじとは　（後拾遺集７７０　元輔）

霞立つ末の松山ほのぼのと波に離るる横雲の空　（新古今集37　家隆）

めでたきもの。唐錦。飾り太刀。作り仏の木画。色あひふかく、花房ながく咲きたる藤の花、松にかかりたる。

春のためあたし心のたれなれば松が枝にしもかゝる藤波　（貫之集３０５）
君かためあたし心もなきものを　いけのふちなみまつこえにけり　（中務集（書陵部）33）
藤波の高くも松にかかるかな末より越ゆるなごりなるべし　（和泉式部集１９１）

いつはりの花とぞ見ゆる松山のこずゑを越えてかゝる藤なみ　（続拾遺集１４０　為家）

集となったのかもしれない。）

　これを本歌取りと言っていいのかどうかはわからないが、「末の松山」そのものがしっかり歌ことば〈末の松山〉として認知されていなければ詠まれることはなかったに違いない。さて、古今１０９３の歌から約三世紀を経て詠まれたのが次の歌。

　超絶技巧の粋を尽くした名歌中の名歌だが、ここにいたるまでの〈末の松山〉という歌ことばのありようを眺める。

　まずは〈末の松山〉中から〈松〉を抽出して浮き上がらせる手法をみる。例えば歌学書「枕草子」83段で、
　と認定される等好まれた〈松〉と〈藤〉との取り合わせで詠んだ歌がある。

　前二首ではまだしも「あたし心」といったことばは使われているが、ここでは既に九世紀半ばにはあったであろう希望性が「末の松山」から失われているようにみえる。が、はたしてそうか。希望性は後退しつつも、〈末の松山〉が、美しいことばの叙景へと歌を傾ける推力、となっていないか。先に示した新古今37歌よりおそらく半世紀ほど後に次のような歌がある。

　失われつつあるようにみえた「末の松山」ということばが本来実装していた希望性が、ここでは歌ことば〈末の松山〉の引力によって〈花〉という句に圧縮されている。そこから逆照射することで見えてくるのは、先の三首の叙景がおそらくそのような〈花〉がゆるみ拡散した叙景である、ということだ。言い換えると、かの叙景にもある程度のレベルでその希望性が圧縮されているとみるべきだろう。

　次に、〈松〉という歌ことばを別の方面か

いくよへしいその松ぞもむかしよりたちよるなみぞかずはしるらん　（古今六帖　4102　貫之）

いつとなくなみのかゝれはすゑのまつ　かはらぬいろをえこそたのまね　（相模集（浅野家本）297）

あだ浪を岩こそこさめ年ふともわが松山は色もかはらじ　（続後撰集　944　祐子内親王家紀伊）

いつしかとわが松山に今はとて越ゆなる浪に濡るる袖かな　（後撰集　523）

故郷にたのめし人も末の松まつらむ袖に浪やこすらむ　（六家抄　2275　家隆）

ら〈末の松山〉にからめた例をみよう。そもそも〈松〉は、

等といったように不変性の象徴化という機能を備えているのだが、歌ことば〈末の松山〉からそのような〈松〉を抽き出すと次のような案配となる。

〈末の松山〉という歌ことばが装備していた「あだし心を持たない」といった意味合いはまだしっかりと機能しており、ここでは単に〈松〉における「不変性」的要素が加味された形になっている。

この歌などは、〈松＝待つ〉的な要素が匂っており、「あなたを待ち続ける想いは不変である」というある種の切実さが、初句二句が示す「あり得なさ」に勝っていると歌われている。おそらくこのあたりの歌ことばのいじくり方が複雑さを増していくなかで、〈末の松山〉歌の細かい目が編まれていった節がある。

一例をあげる。いわゆる〈松＝待つ〉ラインを保持しつつ、〈波＝涙〉という条をからませていく。しかも〈波〉は〈末の松山〉ばかりを越えているのではなく、想い人を〈待〉ち続けている者の〈袖〉を越えていく。むろんこれは〈袖〉を〈涙〉で濡らしているだけのことなのだが、歌の脈絡はそれほど単純ではない。

これなどは時代も早く、割と脈絡はスマートに通ってはいる。通ってはいるが、〈わが松山〉、〈浪に濡るる袖〉といった箇所で二度見せねばならないくらいのからまり様は既にある。

初句から三句までが序詞であり、むろん〈まつ（待つ）〉を引っぱってくるわけだが、序詞そのものが〈末の松〉という強引な圧縮句

朽にけり変る契りの末の松待つに波越す袖の手枕　（俊成卿女家集76）

山たかみはるかにみれはすゑの松　月の浪さへこゆるなりけり　（林葉集 505 俊恵）

白浪はこすともみえてありあけの　月そかゝれるすゑの松山　（出観集 394 覚性法親王）

で収められている。この圧縮句というのは新古今歌壇、特に御子左家流に顕著な技術で、各々の歌ことばが何重にも実装している機能を多動させ、上下の句にそれぞれ有機的に連絡していき、歌に何層もの波を作る。いわば歌を多面体的に乱反射させる。次の歌の作者はその卓越した使い手であった。

〈末の松〉は〈変る契りの末〉から引っぱられつつ、二句・三句の序詞によって導かれた〈待つ〉とも絡み合い、結局は〈波＝涙〉に越えられるわけだが、そもそも初句で〈朽ちにけり〉と投げ出されている〈末の松（山）〉を越える、とはどういうことか、そして、とは言っても〈波〉が越すのは〈袖〉なのだ、と歌い収められ、しかも〈涙〉によって〈袖〉は〈朽ちにけり〉と落ち着かされてしまっている感はいったい何なのか。だが、このハレーションによって浮かび上がってくる像は意外に素直な姿をしている。こういうものが新儀非拠達磨歌と腐されながらも成功した歌となる。いずれにせよ、〈末の松（山）〉が、畏れに対する希望（むろんここでは「あり得ない希望」という側面が強まっている感はある）、「あだし心を持たない」」、等といった諸々の機能を圧縮させた歌ことばとして多方面に連絡している。

一方で〈月（影）〉を〈波〉と見立て、〈月〉が〈末の松山〉を越える、という歌われ方もしている。

これはかなり純粋な叙景歌に近い。〈末の松山〉の機能は匂わせる程度にしかないようにみえる。

この歌の場合、〈ありあけの月〉が使用されているので、一応むなしい恋の余韻が漂っており、おそらく結句の〈松山〉に〈待つ〉

松山と契りし人はつれなくて袖越す波に残る月影　（新古今集１２８４　定家）

ありあけのつれなく見えし別れより暁ばかりうきものはなし　（古今集６２５　忠岑）

霞立つ末の松山ほのぼのと波に離るる横雲の空　（新古今集37　家隆）

白浪のこすかとのみぞきこえける末の松山まつ風の声　（能因集１０８）
白波のこゑにまつかぜうちはへてたえせぬ物を末の松山　（能因集１４３）

が響かせてある。むろん眼目は四句と結句、つまり〈月(影)〉という〈波〉が〈末の松山〉にかかっている、とするところにある。で、これらのアイデアと、先ほどの〈波＝涙〉が〈末の松山〉や〈袖〉を越える、というアイデアが合流すると、次のようになる。

女性に仮託したととると〈松＝待つ〉という側面が浮上し、しかも〈(末の)松山＝あだし心を持たない〉と〈契〉るという面も同時に浮き出してくる。そして、〈つれなくて〉とくるためにおそらく女性は〈ありあけの月〉を眺めておらねばならない。

その〈涙＝波〉が〈袖〉を越す、いやその〈波＝涙〉に映り込んだ〈月〉が〈袖〉を越えてくる(というより〈袖〉を濡らした〈涙＝波〉にそもそも〈月〉が映じているのだが)。その瞬間、〈月(影)〉がそもそも〈波〉ではないのか、いや、〈波〉が〈涙〉であったわけだからそこに映り込んだ〈月〉なのであって、〈月(影)〉を〈波〉とみることはある種の錯視ではないか、あるいは単に〈波＝涙〉にたゆたっているのは〈ありあけの月〉に違いなく、歌としては「つれなさ」が匂えば充分な歌なのではないか。等々思っては打ち消していく。この乱反射こそがこの歌の見所となる。

このような複雑な編み目を持った歌の頂点の一つに、

があるわけだが、それは先にみた歌ことばの機能が圧縮された句を所持した歌のみならず、その機能がやんわりと圧縮されていた叙景歌からの糸も編み込まれているだろうことは言うまでもない。中には、

のような〈末の松山〉の歌枕としての側面のみを眼目とした叙景歌も存在するにはする

いつしかと末の松山かすめるはなみと、もにや春もこゆらん　（散木奇歌集（阿波本）5 俊頼）

末の松山も霞の絶え間より花の浪こす春は来にけり　（続拾遺集１０１ 慈円）

春の夜の夢の浮橋とだえして峰に別るる横雲の空　（新古今集38 定家）

が、その発展形として次のような歌が確認できる。

　もはや完全に〈末の松山〉の内部に「あだし心」的要素はなく、ただただ美しい叙景をゆったりと詠んでいるように見える。しかし、ことはそれほど単純ではない。〈末の松山＝あだし心を持たない〉などといった要素が陰日向となって歌の上を出入りしているはずだ。そしてその上である種の希望性のようなものが流れ込み、春の到来を寿ぐ歌としても出色になっている。

　さて、新古今37歌。〈末の松山〉、「ほのぼの」、〈波〉と矢継ぎ早にことばが現れてくるが、この時点では「ほのぼのと霞立つ」であろう。そして〈末の松山〉と〈波〉はこれまでみてきたように典型的な縁語であり、これらの歌ことばだけで恋人同士の別れを歌の背景に沈める機能を備えている。問題は四句「波に離るる」、結句「横雲の空」である。定家が衝撃を受け、

　の絶唱をものした箇所だが、まず「横雲」を「の」で「空」に接着していることからして脈略を拒否している。もちろん「横雲」のある「空」ととればいいわけだが、それだけのことならば「空の横雲」とすればいいはずだ。この無理な倒置と「の」による接着によって何らかの効果が見込まれているのは間違いない。それと「波に離るる」の表示する像がきちんと定位できない。この〈波〉は無理に脈略を通すと、「ほのぼのと霞立つ末」に〈末の松山〉を〈波〉が越える、その〈波〉から「離るる横雲」の「空」ということになる。だが一体これは何を言っている歌なのか。海上にたつ〈波〉から、つまり地平線から「横雲」が「ほのぼのと」浮上してくる、

と取ることにするにしても、そもそもこの〈波〉は〈末の松山〉の縁語で引っ張って来られたことばであることを重視した場合、〈末の松山〉を越えなんとする〈波〉から「横雲」が流れるように「離」れていく「空」に「ほのぼのと霞立つ」とみえる。この場合、小高い〈末の松山〉を〈波〉が越えつつある瞬間、「横雲」がそこから「離」れていく、という超現実主義的な像がかなり印象的に浮かび上がってくるだろう。だが、いずれとも決めがたいのが実際で、家隆の狙いもその辺りにある。〈末の松山〉という歌ことばが備えている機能をたっぷりと吸収しながら、一方で四句結句のごとく超現実主義的な印象を招来してくる。そして「霞立つ」と「波に離るる」の双方に「ほのぼのと」という大柄なことばが効いており、歌そのものをかなり幻想的で妖艶な出来事へと持ち上げている。その諸々の効果も歌ことばの備えている機能をもちろん把握した上でのいわばモンタージュ的手法によって生み出されたと言えるわけで、新古今歌風の眼目はそこを置いてはない。

〈末の松山〉という歌ことばが豊かに備えていた要素や機能が歌の構造を複雑にすることで、翻って〈末の松山〉という歌ことばそのものを豊かにしている、ということは普通に考えられる。歌に要素を表層的に浮かび上がらせないで〈末の松山〉という歌ことばを使用しても、その叙景歌はどこか明るく希望に満ちている。このような前提がまずしっかりとあり、一方で特殊な一部の集団内で表現技巧が研ぎ澄まされていった。もはや文節といったものを完全に破壊し尽くしたような相貌で歌が生み出されていく。その流れのなかにおいても、〈末の松山〉は非常に魅力的な含みを持たせた歌ことばであった。有心、幽玄、なんでもいい。その極まったさきに、家隆の歌が立っている。

さて、「末の松山」という地名があるときを境に人びとからある種の希望をもって口寄せされるようになった。わずか数十年後、その切迫感や希望の象徴性は薄れ、その畏れや希望の雰囲気がわずかに歌ことば〈末の松山〉に残された。和歌の世界で豊かに息づいたのだ。さらに時が流れ、一方で技巧の錬磨にも拍車がかかった。歌ことば〈末の松山〉を含み持った複雑で溜息の出るような美しい歌が詠まれるようにもなった。

美しい歌。美しいことば。これが詩であるならば、あらゆる詩のことばは歌ことばである。そのとき、例えば〈末の松山〉のような歌ことばが顕著なように、ことばはそもそも人びとのある種の心の顕れ様を象っていた。いつしかその原型が失われることがあっても、その象は消えることはなかった。これは単に楽しいだけの想像だろうか。

詩のことば、と言った。これは厳密ではない。「詩」ではないことばが、詩のことばではないわけではない。すべてのことばはその意味で歌ことばなのだと思う。すべてのことばが、人びとにとって一々切実な思い出を持っている。それを私たちは忘れない。

ビニール傘が、景色を
わたしには雨滴のひとつひとつが、
巻き戻された気象のようで。
読み仮名はわたしは
たまたまに、添えられた感触として沈みつつあり。
空気しかないみたいな水の音。

あ文字のいた夏
マイ・サマー・ガール

とりどりの紐でひと括りにされた行の束を帙でひっくるめて安置したのが昨夏晩く、名づけて『マイ・サマー・ガール』。

再び夏を前に引っ張り出し、束を並べてみると、須臾のうちに〈欠落〉が行の部分、あるいは行そのもの、でみるみる進みはじめた。

今となっては在りし夏の姿は、〈文字＝思い出〉によって繕うしかない。『あ文字のいた夏』と呼ぶ。

大阪

列島は季節のうつろいのように古い言葉に花やぐこころみだりに歌はころげて
談林の月を思って月は今屋根にかかって街は真昼で
植樹という恋を笑って葎闇息を吸うたびもの思う大□
い□も□べるからテレビとかわらない朝焼けにとっぷりと浸かる眠り
自□て電車に乗って降りて歩いて遠ざかるほど都市は編まれて

高原を過ぐ

トンネルは手紙を読むための空抜けるために風を求めて
先生はわたしは美しく笑っていました額の果てに空が滲んで
花の色はリゾートめくなしめやかに遠い眺めのふいにいびつに
歌は□た詠唱せよ□しい波はただ寄せるだけ寒い
波のとどかない□原を過ぎがてに生らしめる罪は音楽

列をなす

髪留めのわたくしをなすすじごとに居並ぶも□日のわたし
長袖と短い袖と記しゆく影並びつつわたしは数式
風よどみ肘をつきつつ流れゆくまなざし静か髪もゆたか
数式と互いわたくし夕暮れに夢まぼろしの列をなすもの
なつかし□方で話も尽きない花とひらく髪留めのあと

屋根は白い

□れる自由いろや姿は思いのまま屋根の下にひねもす愛す
窓外で人の声する屋根のうちでふざけていると思うでしょう白いもの
蛍光すとは明治に書いてきた夢はやくも私はかきくらされて朝寝
手をさげて目はこまやかに屋根をなぞることが指のよう白々と指
白さは室外のみひろびろと解かれて乱れ見なれとかれて

耳をたてる

耳はペン先に連動している音はうごきのあるものの総体である
ダンスになぞらえて右にひだりに記述はすすみ6・1チャンネルの景色にすすむ
音にのったら言葉か編まれた心は音か耳のように書くす□に澄ます
真空には言葉はないけど耳はあり編み目もあれば真理は滅ぶ
名を呼ぶ耳は私を音として刻みゆたにたゆたに歌はうたたに

色に語りて

水に近いものしだいに水と流れる姿わたしたちはかつて語りに浮かんだ水
空にまがえてこころ払えてまつぶさに交わす□に色をまじえて
眠りなさいこころにさえ初夏のするどい風のぐるりはずませ
浮きたつのは空に知られぬわだかまりの色□いえど波にあらずも
たゆたうから目に替わって語り汲みつくすとは水の思い出

塵を払う

森の道はふたがっ□もやらずふるさとはまだ残っているか
まあたらしい冬のおこない春過ぎてふくよかな笑い楽しい生滅
さと払いつとしたがって食餌はすすむそしゃくの音まで追いかけて花
紙をめくる音はたそがれ字はみだれ人は花とし花はさみだれ
黄色い野分あらいざらいに袖は朽ちたち昇ってから森は動かず

皿洗い

歌をメモするようにわたくしはわたくしごとに皿を並べる洗うまでは歌
つつましい好きなひびきだつつましく皿を手にとりわたくしは皿
花は皿ではないのかわたくしは花こころ心の咲きかたをして
過ぎがてに触れてみたいと思うものたとえば皿の奥のその奥
洗うとは落とすことさらにこぼつことさらにわたくしさらに愛さず

回り道

照りはえて変わらないもの道と道たどりついたらい□の道
路傍には石だけでない道もあり山のため□びていく道
〈欠落〉
□道じみてやがて石どもさわぎつ□みつ
□え□る晩年は道ひらいては閉じる心とうら道の道

葉は点

□る目浮きあがるのはわたくしの目から芽生いて散るまで生きる
□と思うすなわち心□の格律あつまるのではなく立ちあがる在る
〈欠落〉
リゾート葉のおり重なりめくるめくリゾート最後の1秒まで葉には非ず
表情と言いかえていい。部分は関係と、わたくしは葉の照り陰り

田園

ひと根ひと根にうつろうほどは駅名を祈りとはちがうただし唱和す
　実りには周囲がなくてはた目には祈りをまとう目それとも黒目
地もゆれてすくよかにまた民草はゆれやまなくてすくすくしくて
　駅長とい□田園は架空です
朝霧のはかなく濡らす駅名のいろづくほどに野良せまりくる

衣更え

袖まくるのは悲しい恋があるのでしょう□て青々と言葉がつくる
アラームが鳴る夢はゆれやまずそうい□うから半袖の恋にもまれて
　いとしいいとしいと言う心の世界は□る
心がわりのように衣更えはできるからむつびあう心は紙に書いて見せあう
　袖□に助詞があって接尾語のように季節を口説き落とす

見回り

とぼとぼと口を□花道に口上だけが記号化されて
　金輪際花は見ませんあかあかと□
　爪□物語照らし合うほど思い出思い出
はねられた飛沫だそれは裾野には降雨のそれも筆記体だろ
　絲くずで記しておこう日誌には衣擦れのあと後朝の空

ニュースタンダード

□さも美し□なづいてコロニー生まれの陽の下でする
　□彗星若さ故に自意識
　〈欠落〉
実念論この星を導くものはマルブランシュのペニス春はあけぼの
間メタ性のポエジーの森するするとほどけてゆくわはじめに言葉ありき

晴れ間

〈欠落〉
〈欠落〉
〈欠落〉
〈欠落〉

斉唱

□耐用年数の夕べ誓うこころのそれは見せ方でしょ
わが青春の見えなかったシーンだけ息が続けばハーモニクスの空
イズムであり韻律である羅生門□った
第四階級の唄前夜人しれず睦びあうからシステムは自律している
カテーテルと交わし等価の愛が注がれれば息は永久に駆動をつづける

さようなら

いつか花として降りはじめたならそれは戦争欲しがるものばかりが愛ではない
花びらをこまやかとしてあたたかな会話とソーダ水敵性語の亜種
字づらから学名は散る学内の内ゲバという落花から知る
ほんとうは告げもやらずに已然形ひと目見た日からさよならという
耳うちしてひらいた花のような耳にうちよせて波々ならぬ花

深夜劇場

　電波を越えて国境は美しい□詩は□りも技術的かも
言葉を一つ二つとばして英雄は告げる愛は愛とつぶさに流れる記述
背景に樹の枠組みがあり二人が性愛以外でないとき人が現れてくる
　手が見えすぎて先に恋してしまう夕飯時の玄関で目と目口と口
肩が並んでいるいずれかが死んで一方で思い出す□々と人はそうであった

いつもの傘

いくつものいずれか□傘は傘は雨のみ照らす骨組みで知る
ほととぎす鳴いている意味は鳴いている傘をひらけば鳥々の綾
　十二音階の種類だけある傘工房ひらいて閉じてそれが和音
禁忌ゆえに許される恋がある傘ごとの組み合わせだけ愛憎□
一過の水傘のかたちにひらかれて陽はわたしたちにとどこおりなく

川添い

盆栽づくり川はどこへと敷設して山ほととぎすどこに位置して

支流という思想は捨てた国は流れてただ川べりに一人や二人

永劫だらだらあとは翡翠《カワセミ》せせらぎと翡翠《ヒスイ》分布の亜種の鳴き声

川は窓死んだら終わり指窓のサイズで抜けて流れゆくだけ

さらさらにもの思いもなし川は流れはためいてからさらさらひらく

一つ抜けている

わだかまりの印を見つけてか□□□浮かべる転がす埋める
　先々の不安は硬いぬ□まの頭一つの遠心力かな
眼球のように右にひだりに頭ゆれて伝令は走る歩いてもくる
　ななかまどの種目の思い鳥群れて頭で啄む美味美味しい鳥
出囃子も頭一つも抜けている座に見わたせばかすみたなびき

踵うかせる

一目

テーブルと踵と昼と陽と加藤磨崖仏起つほどの念写もできる
〈欠落〉
歌枕を見てまいれという車中泊の憂□位階を
□踵という正座して見えるのはダモ鈴木のそれ
□直立は秘儀

ヘッドフォンを環境という仕組みでもやさしさがある出家もできる
律動とは交叉イトコ婚そうあれはたしか後宮のユークリッド
吊革と革命前夜と歯ならびと数値的にはファッショハメハメ
廂間《ひあわい》と心許してほのぼのと春あけぼのは廂の間でする
リー即ツモ初恋はきれいな全裸ですか　と言いますのも鴻鵠の志ばかりで

ノートブック

もういくつ寝ると寿命はくづし字に花は盛りに越ゆる白波
目をとじてはいそこまでと無呼吸□待ちしておりました時代ですよ
糸のみほとけ端末複数所持の縁一つひとつが尊い大腸
世界制作の方法水上バッタ型パンツもうお前が宇宙にしか見えない
お前が国難夜は更けてゆく終末のラジオパーソナリティの家出

乱数表

人を頼ると周辺ができ人が誕生する伝承されたのが裏アカだけでも
ゴール直前の乱数は整然と区画を持ちヴィクトリーランは小走りに
はた目にもコスチュームは揃えた方がいい憧れてたのだからえいえんの唄
世にいうハニートラップ静かな夜はいくつもの物語がそれは夢のよう
動的平衡だあなたはわたくしの血でありわたくしはあなたのホウレン草

あとの濁り

ダイアモンドの全ての面で語ろうゴッドハンドだよわたしというものは
正面の一面だけを抽出したタオルケットだけでも寝苦しい夜々も
安全地帯も示してやれば華やぐ心を管理できないポーツマス条約
寝物語に奥歯からこぼれ落ちる亜熱帯魚は悲しいから魚眼
ボランティア精神のちょうど何周目かの喉仏から「愛をください」

受肉

パーティP鼻から授けて文字化けする成長段階での授り婚
しみじみと虫もするかな乱打戦評論家枠も古代湖となる
ならわしの腕の振り方永久に欠番となり歯がための顔
曇天の少女のように寝落ちして倒幕などとかたはら□
更級やポイントカードの磁気消えて月の桂のもみぢすと知る

晩年

レンタサイクルみたいだったなこの最終巻は夢はかなえるものなんだな
雄蝶が雄花で憩い雌花へと時に愛は力つきて受精
今やない長柄橋から羅城門境界だもの式部の夢は
雑踏でただ佇んでいる屋外の空調については再調査的な気分
交尾時できない相談というものがある感動できないよランボーは日本人

坂は境目

選手村目的だけはオリンピックすさまじい結末なだらかな肩
スポーツブラに見凝めることを覆わせて手取り足取り幸せな国
〈欠落〉
〈欠落〉
判定に不服を申し立てる頭数の割には皆涙流して抱き合ったりして

博愛

容姿をひらくと変態のプロセスが吹きすさぶきよらになまめかしう成虫す
てふてふが翩翻として満々と散るいつまでも舞う鱗粉存在と時間
使途の未然は一つのドラマツルギーの臨界と同定される休刊につぐ休刊
新しい世界言葉が恋である仕草エネルギーは文法的に過っている
自然消滅したコカ・コーラが瓶に注入されることはないさわやかになる、ひととき

BBQ

〈欠落〉
〈欠落〉
〈欠落〉
〈欠落〉
〈欠落〉

ナザレのイエス

〈欠落〉
〈欠落〉
〈欠落〉
稼働とは月の動きが世界であることあらゆる昏が亜熱帯のしろもの
〈欠落〉

大リーグボール1号

〈欠落〉
□射抜かれた身体として人々は見聞きし家路につく
〈欠落〉
〈欠落〉
〈欠落〉

タンクローリー

おおここは眼科ばかりではないか東京やべ□
〈欠落〉
巨乳死すべし地球は人命より重いのにどこを掘っても油田であるのに
奥二重のさらに奥まで曝されて臀部に視線が埋まり眼球
はたらく車はたらく人間地軸で回るお箸の国の人だもの棒状

曇天まわし

単3□の島島並列のテリトリーよ発出した新譜の構成主義
目下一級河川を通過した勝利だよ勝利だよソーラーパネルの流れ馥郁たる
庭いじりをしていたようにエナジーは観念的に口承されていくだろうコード
信号の芽吹いた庭に言葉は交わされる数的優位だった夏
ミラー効果的に人間を愛し宣戦もする銃後のの□

森林地帯

布陣の位置から戦意は継がれる名前のない馬は走り去る
戦意昂揚引き返した道に螺旋状に雌雄が今またモザイク状に
□死地に赴いて尚意志は明瞭に学会は閉経す
エレクトロリカルな吐息沈黙《しじま》の中の□挿入即
□しろで目は静かに伏せ字となり花々とこぼれ落ちるうつくしみ

太平洋ベルト

欅の後列に結い方の稀な髪があたかも人々の言葉のように信じている
奈落に咲いた花々は花と花、花、花ではなく花々としていて野盗の花である
岩躑躅告白をしないまま伏せた顔は赤い実がほらもう食べごろに
□そこここに匂いたつ薬はいちどきにおし寄せてうらやましくも咲き返り
袷において室町は最後の周縁であったと通信してきた女房詞の脚注

2秒で考えてみろ

陽の下でハウスダストの光芒の譜面上では舞いは静かに
思いはいずれ還流しあるいは遡上のみの動画で拡散すれば死は無意味
カルテットのアナロジーは遮光的フレーズでザ・ロスト・アルバムに別テイク性の散種
バウハウスに浮かぶ花片的デザイン性は美という機械人間も夢を見ると言った
永性の目、喩としての土地で情熱的にパノプティコン型の恋もするかな

更なる結束

　街のあかりは多弁な花々とついたり消えたり重なりながら更けてゆくばかりです
　　逡巡がめぐりきて交わされる未来はそうであったかもしれない国境であった
　　　焙烙の夢弛《たゆ》むこころのひとときに人は命のために人を喰ってよいのか
　　田園も都会も憂鬱なる修辞だとしたら化粧して出掛けたって喩でしかない
山々の名を女性と呼ぶのなら秘□語りの一つの作法かもしれない

ファイト・クラブ

草だけが感情表現である鶴亀算国が一つ滅ぶだけ演算としてのモンスーン
クロスロード平行世界のように妻がいて人がいる家が建つ住む人である私
　溜息と雨後の室内飾られた出会いのように恋はするもの
　　遠ざかる季節としての愛憐の窓際に立つ待ち遠さかな
森林と森林は人は人を殺む森林と森林と人は死んでゆくまで

最小公倍の夏

てにをはも真夏の死からこぼれ落ちただあなたの名前を気象を

ジンジャーエールにはとてもかなわない□コカ・コーラ泡立つ朝の通り雨複雑

半袖のシャ□陽の下に泳ぐだけ鯉はひととき

暑を離脱した一方的な攻撃はシューティングゲームの乱れてつづく雨の音でしょ

伊達眼鏡と廃線あるいは廃隧道そしてパナマに詔勅ラジオ

工場

ファンタジスタ

海の見える部屋が欲しいののどかな野木偶の坊でも夢見や物見
立て看板と白鷺の目とアジテーション大王はいつでも戸口で胡簶
珍妙珍妙も忘れ□わスネ夫のヘアー燃え尽きて灰
□方鳳仙花色とりどりの矮小化アメリカ
□るものが工場□えろ終わり

照れ笑いにも揉みくちゃの実も紅鱒の脊椎であるアメリカ大陸
ひさかたの木洩れ日のなかれんげ草□
〈欠落〉
父母の床離れには一定の理解も及ぶなのに鶺鴒
チヨコレイトパイナップルと遠ざかる横顔のような通り雨白さ

サイズ

衣更え見わたすかぎりの配色も度数分布と匂ひぬるかな
日の本の目の細々とかぎろひて亜大陸とは姫□
〈欠落〉
歌仙なみに巻かれる恋の秋雨にまがうつがいの雲と□
〈欠落〉

存在とコーラ

昼間から風にゆられて空域を塗りつぶしてそれはサーフィンＵＳＡ
わがひとに与ふる哀歌リリックはアルゴリズムの律の代入
サイダーとビー玉座標秒速に目の前にいるいる目の前に
電線に雀ならんで無為自然智々というから都市は複製される
可及的速やかにコーラとして現象エリ　エリ　レマ　サバクタニ　コーラとして流血す

ナイキ

都市は言語の構造のようにプレイできるニンテンドーの律令は空は見える
ジギタリス朝中央アジアどれか滅ぶから人類はどこまでも走法である
バテレン的につないでおいて真言は私の表層はいくらでも繰り返される
現存在はキャラクター奥さまは魔女恋人はサンタクロース社名は私
サブパネルから行けるよ脚注の横顔は構造だから言い尽くされることなんてないよ

空調

山稜の羽ばたく音と花咲いて螺子之人もしくは金襴緞子
虹がたつ目薬やさし薬子の変ひつじからオオカミになれる年表
日帰りと記憶と旬の花ざかり旗幟鮮明の句またがりの旅
家々の奥のまた奥黒々と家名の裏に奥方の日々
サウンド・オ□閉鎖ヨガのポーズで観音開きとどこおる例文

証券

終戦の笛の音にのみ泣く女房袖出しばかり憂き花片からくり
生まれてきた場所から目印の鋲ぱらぱらばら撒いてイギリス英語で障子にメアリ
世界三大源氏はずかしい恥ずかしい図鑑の中の誤植の蛍
シクラメンのかほりに非ずかをりとは世を憂しとして浮かぶほとりか
夕暮れは一人の背なの文字あそびイメージを先立てて文盗み顔見せ

姿かたち

秘密をかぞえたらラッパが鳴る昼間からふんだんに非力な人
文字を並べたら名前とともに浮上して俊太郎も居るというて沈む
かけがえのなさが詩だと思う国でおはようおやすみこんにちはこんばんは
寂しさを牡丹として始めれば即ち亡国の亡の字の代わりに咲くもののように
ひねもす水餃子の周縁にただよう苛政は掘り炬燵の下のみずすまし

ネオ東京

春のいそぎも心中の道行も今や上方の見果てぬドラ□ターららぽーと
実事はあったのかまぼろしなのか殺しであったのか目下九重の愛し恋し
厩から出てくる北家の野糞霞立ってはるかな肥料《こやし》になったんだねぇ
花柄の駅名で遠い色恋もミシンと蝙蝠傘のようにはずかしい肌着
絶縁体であったという史実にはとてもエレクトロリカ□妊装置だけが語り出す

花と散る水

　つづら折り鉄の痕跡山々も邑々も花旧記に文字が
　炎帝と庭園の日々根腐れて庭師の下着乱世に乱る
冷水という夏の出来事行潦《にわたずみ》行方も知ら□な
　〈欠落〉
古代にも着衣はあって脱ぎかえて白々と明ける夜は闇であって

そうでした

二毛作三つ編みにして頬染めてしからずんばすなはち四諦は額から
　このかみの目配せはまだ滴って韻律それは息の途切れる手前
テニスコートで待っていてテニスコートで追いかけて後ろ姿でネットを揺らす
　朦朧と音階で書く東京は君がいた夏痩せてピアノで
　〈欠落〉

春の嵐

クロッカスが咲きましたという指さきのところかまわず漂いやめず
　中空に花は花とていつのまに声のすがたで明日は春らし
これから私たちの土地はゆたかであるか大陸のない春の嵐の
　嵐は軍港を指すきりきりと日の動くのを許さず春へ
名前のない馬が足蹴に舞う花の模様は鳥が流れさえずり

あたたかい雨

身にまとうものが雨ならば立つ水の穂先となってテレビの中で
　〈欠落〉
歯の生え初むるあたたかい雨生え初むる吾子の弱視の唄い枯れずも
　日につれていつつななつと水脈《みお》降《ふ》りて子の髪洗う唄降りやむな
襟袖□て鉱石の色かわりゆくご□

昼の唄

横顔

廊下まで

砂糖をぬいて皿にドーナツコーヒーだけが調べを待ってカップは手に
□れるのは昼の唄です
こだわりのまろやかチョコと軽やかなさくさく思うコートは椅子に
スプーンは使わないそれでも光をまとい「外に出ると寒い金属でね」
おぼえのない耳になつかしポップスのコーラスに近い昼の韻律

〈欠落〉
〈欠落〉
〈欠落〉

今朝切ってき□マイ・サマー・ガール
□日は手書き□マイ・サマー・ガール

〈欠落〉
□長いまつげ消□
花粉にもよるが水にしむまばたきは廊下までは遠いくくり化粧花
陽□あとあじ
〈欠落〉

耳まで赤い

空に森があることは知るすべのない耳のうらさえずりやまないから独りで死ぬんだから

空咳をくりかえす見るべきものは見つ太平洋はこんなにも後ろ姿がきれいで

窓が地面を濡らすと私はあらわれるあらわれそこねた耳はいつか見た窓

□からひらいて海はあふれ出す森ができるときは耳まで赤い海

クロールの海の□た暮れ方は人の立っている影までが沖のようです

文字化け

ささくれも血も私です虚礼に非□って月は天中

ヒヤシンス文字化けひらく筆で色をひろう一刷けで残る月の円

雲の間ゆ重ね着をして仄見えてこぼれやまずに月の字は愛

行き帰り違う景色に月はいて朧ろひと色飽かぬ君かな

〈欠落〉

佇まい

カーテンとして滅ぶべきも□る季節の変わりめも暗唱される
　オブジェクトマーマレード家は燃ゆ朝な朝な立つ嫁菜は川へ
〈欠落〉
わが背こが衣のすそを立ちつくしひもゆうぐれに技術としての私
　思い出は垂れ流すものこと□らさら□檎

川のへりをしばらく。
伸びているものが流れるものであったなら、
歩幅と同時に、気体が。
ほどけた胸もとを知らず、
撥ねかえって、ようやく水の音が、
流れる音としてわたしは
山裾から。

memories

器官というものを、いくつかのセクションにわけ、間を互いに取らせ、
窓にみえる枝から空がぶら下がっている。それが飛翔のはじまりと履歴され、
モザイク状に組み立てることで、一つの記憶に集権するのを妨げている。それは、思い出、
本当は窓を見たことなどなかった言い逃れだった。とてもすばらしい枝を今まで
と呼ばれる。思い出、は集権作用の結果としてのモザイクであり、
の征空で幾度も走ってきていた。枝は、今も、静かに、窓を裏返し続けている。
小さなセクション間の戦闘でもある。
あるいは思い出はひっくり返った枝々にも宿るのだろうか。

『彼女の肖像』

丘に沈んでいく土星のリングを背にして私たちは立体的に、いくつかの、思い出、を照らし合わせて組み立てられている、それは恋だった。あくびを咬みころしてひとつの直轄性へ、あるいはわかれゆく束髪へ、たどたどしくも向かったつぶやきに似た川の流れは、その丘からさらに丘へと延びているだろう、次々と丘が飛び散っているのが見える。探査の余勢にのって現れた姿(それは忘却に近い)に似せて、私たちはわたしたちの花園に指令を向け、花園は(土星の)リングを求めたのだと思っていた。集まっては撒かれる、たとえば片方の耳たぶの白さ、喉の流れた意味、目に見えたまばたき、そのようなハレーションを音階として手紙をたくさん書いていた、私が、わたしたちが、わたしでない方が、わたしが。祈りのときかもしれない。鳥たちが拡散している匂いとなって、(土星の)リングを見おろしている角度によって、肖像が笑みを浮かべたりしずめたりしている。その表情の一つひとつが、1000の息のように私たちに語りかけてくる朝の多面体となって、やがて恋がもたらされたように乱反射している。

『緑のフニペーロ』

風に見えかくれしているうちに木々の緑に映りこんでしまい、一つ息を曳いておいた。二人のうちひとりが待たれたフニペーロになる。先ほどの息は二人を今や接続していて、もうすぐひとりとなる手

『肺姉妹』

姉は肺をかかえて階段を上っている。息の揺れ、が階段はあと何段ですと告げ知らせている。でなければこの作業を続けることは不可能に思える。階段は次第に黒ずみながら上方へと縮れている。息の揺れ、が必ず次には少ない段数を述べるわけだが、姉が立ち止まると肺が鬱血し、記憶の書き換えが起こってしまうこともある。古いそれを呼び戻すには階下に広がるタイルを貼り替えないといけない。息の揺れ、がもっとも恐れているのがそれである。肺に委ねられた姉の前進作業は美しく繰り返される。息の揺れ、はその美しさの妹になる。血とは破れるものである、というマキシマムが今も有効だとすれば、鬱血と妹、は姉の肺の文字のようなものということになるだろう。妹は数値を告げる上で姉の記憶の肺を先回りしていて、それは姉が立ち止まることで鬱血する肺の書き換えられる姉の、妹の、誤った、思い出、を次から次へと書き加えていくことと似てくる。その際、姉妹は文字そのものとして書き換え作業の一切になる。これらのことをもちろん承諾した上で姉は肺をかかえて階段を上っていることになる。そして、息の揺れ、はその命名を望んでいる。妹とは姉をそう眺めているものということになる。妹に名を与える。

筈になっている。緑なすひとりのフニペーロ。やがて緑のフニペーロと呼ばれるひとりへと調えられていく。一方、名の見当たらないひとりも最終的に緑のフニペーロへと加速していくわけだが、名のない、という部分のみが整備後の、いわばハンドルの遊び、のような領域として残されることになる。そして実際残された。名のない領域を含み持った緑のフニペーロが季節を迎えるごとに、霞の向こうに薄緑の衣を羽織った少女神として一帯を風と過ぎる、それを恵みと呼び、恵みと呼ぶことを祈りと呼んでいる。緑なす前、つまりフニペーロがその恵みの下で花の簪を編み上げたり、川岸に白い波の花を摘んで歩いたりしていた頃に、風とは名のない、というより、名の及ばない一種の畏敬に過ぎなかった。名のないひとりによって、緑のフニペーロがひとりとして風をはらみ、いや風の呼び名となって祈りの網の目を巡らせている。木々の緑に映りこんでいる。

3

5

『家＝族は荘園で』

反乱分子の収拾にやや手こずったが、いくつかの陽はさほど影響を受けず冷却期に突入しつつある。夕食後、オーブンで焼き上がったパウンドケーキにたっぷりと白いクリームを乗せて家＝族はテーブルを囲んでいる。いずれすべての荘園が冷え切った黒点付近へと吸収され、不毛地帯へと姿を変えていく。家＝族はもはや隊列を維持することがとても難しくなる。やや苦みが勝ったブラックココアにわずかな砂糖をまぶし、家＝族で時計回りにまわしては熱いのをこらえて啜っている。ときどき吸い過ぎてしまい、熱さに声を発してしまうこともあり、家＝族は互いにおかしそうに笑いして元の姿勢を取り戻す。もっとも甚大な影響を受けた陽でも、蒸発してしまう事態だけは避けられたようで、遠く光年の彼方にもその光は青く届いているはずである。隆盛を極めたころには荘園から生きた鯨があがることもあり、三日三晩その巨体のあらゆる器官を余すことなく調理し舌鼓を打ったものである。当時を知る家＝族は今では、思い出、の部分のみとなったが、いずれ消滅する荘園を守ることだけはその目的から除外されない。冷却期への突入を無事に終える陽らは今や静かにゆっくりと家＝族のかかえる広大な荘園に飲みこまれつつある。

『彼女の思い出』

雨として月面の微細な石を眺めている彼女がいつまでも横を向いているのが好きだ。さくら、は遠く去った。残された、くの字型の庭園をよく一緒に歩いた。遺棄されたのは庭園だけだったのだろうか。私は幾世紀幾宇宙を隔ったたこの庭園から、さくら、の形状や情報を思い出そうとしている。今もその庭園に在りつづける彼女の言葉の束が、幾重にも複雑にからみあいながら、月の石を手にとったりして月面を遠望し、さくら、さくら、ひらいた、ひらいた、ちりにけり、ちりにけり、と打電しているだろう。大丈夫。私はきっと思い出している。長いとおり雨として私はこの庭園で待っている。月の石のように彼女はその庭園で在りつづけている。私は在りつづけている。彼女は待っている。

『戦果の夏、あるいは加速』

古い形の文字に感度計をそわせていくのだが、次々と現れては消えていく家族の肖像が、ひとつひとつ、艦船の名であるのだから、ほんとうに戦争というものが概念としても視界から遠のいてくれればいいのにと思うのだった。母系の家名のように艦船が地平を流れていくとき、そこからこぼれるように多量の神話が口を割った蝦の姿でぴちゃぴちゃと加速していく。そういえば古い形の文字にも蝦を示すものがあり、それらを年号に照らし合わせると、遠く墓碑銘が森に丘に河口に跳ねているのがわかる。戦闘において蝦の文字の立ち上げる光沢と傲慢は、私たちに慰安をもたらすことはない。たしかなのは母艦の上の家族が、ピクニック、という合図にしたがって白い波のように地平を温かく睨みつけたりして、夏の日のある時刻を過ごしているということだ。もう眠ることもあるまい、と思う。

『納屋で、揺れ、』

きっと見返しておくれ、春のふつふつとし始めるころにきっとよぎる言葉にしてはエッジが効いている。納屋だった。七世代ほど遡ったころの、思い出、から検索にひっかかった背中越しの声にそれがあったのだが、納屋で行われていた、というより執行されていた各々の背後にそのような機能を備えた虫は配備されていなかったはずだった。納屋としての歴代の母系が、半ば慣習として春の花のにおいたつ彩りを撒布していたのかもしれない。いずれそれは生物祭と呼ばれ様式化される。きっと見返しておくれ。執行の最中でなければ自ずとは知り得ないかすかな色彩として、きっと見返しておくれ、と見えてしまう。それが背中越しに聞こえてくる。粛々と執行されている納屋のエントロピーについて記録はほぼ散逸してしまっている。思い出、のみが言葉というものを母系に縒られた春爛漫のなかで今も息づいて、揺れ、つづけている。

8

『球体』

華美でありながらなお苦しみを保っている村の山車だった時代、彼女を乗せているコンソールの箇所には、小さな物語が浮いたりしずんだりしていた。いわば物語の散った後の、残された家系だけで村の存続がかなわなかった今、このかつて華美な苦しみだった舟が向かう先は、いうなれば詩篇の方法をとった流刑の、吹き溜まり、彼女の思い出、と考えられている球体である。

『ダンス貴婦人ダンス』

ワンピースで走りぬけてしあわせだった、おのおのの新兵器を見せつけあった夏が裳裾をからげて。まばゆいほどフラットなシェルターから出撃するたびに、ひとつの球面が書棚となって領空を十二音階で演奏してくれ、翻るワンピースの裾が新たな戦意をもたらしていた。わたしが右のあたまに網を投げかけ、君がひだりの眼球に横坐りして、たぶん、ウサギ、を追いかけてはいけないと口を封じたりするダンスをした。狙撃は、いつもわたしたちの標的となって後方へ流れていった。それがまたわたしたちのダンスを呼びこんだ。未来というものがあるとしたら、音楽の鳴りやんだ凪な白いダンスだと教えあった。それだけに、ただ、それゆえに、素敵エンジンの震わせる地平まで拡がるグリッド線の海に、白い海に、向かったままの君が今もわたしにはサウスポーの奏法でわたしをダンスに誘っていて。折しも、貴婦人、が、出撃した。

13

『愛のジューサー』

流れるそれは髪にほつれる、いわば時間のハレーションであって、決してこの小さな星系を攪拌する、ジューサー、のたてる音そのものではない。ジューサー、は星系をめぐる複雑な軌道の織りなすレース状の、ひとつのほつれ、と目されている。ただしその編み目は何かを伝播する網とは考えられておらず、事実なにも、どの方向にも、流されているものはない。つまり音は存在しない。だからそのどの箇所であっても、また、どの時系であっても、音の波と思われるものは、ある種のほつれに過ぎない。厳密には正しくない言い方だが、混線である。時系が、ある軌道の近似値のぐるりを出たり入ったりしつつも、まったく別の軌道のように振る舞っており、それを星系も鷹揚に受け入れている。これが何度も繰り返され、はたまた幾重にも同時多発的に上書きされていくうちに、あらゆる系が、髭根のように繁茂し、遠目には一本の美しく白濁した川の流れのように映る。はたして攪拌は完了している。さて、今前面に立ちつくしている髪の流れるように長い女が、私は、ジューサー、と言っているように聞こえる。そうして、ああ、あの時の、と記憶を持ち始める。明瞭になりつつある記憶の線は、新しい星系として、また永い攪拌の時間を待ち焦がれるような気がする。

『1000息の少女たち』

ひとつ一つナンバリングされた指使いたちを、ケースと呼ばれる車両に乗せて峠を越えたとき、越えた。瞬く間に整列させられ1000息もの少女の名をなぞる。1000息のほぼ等しい表情に微笑もあれば孤独もあり、なぞる作業は終夜つづけられる。終わりが見えはじめるとき、1000息の少女の表情が一斉にうつろい、ほぼ等しいそれに孤独もあれば微笑もある。越えた、まま、越えることなく指使いたちは、揺れ、の失われる、もしくは、揺れ、の未だ発生していない息を調え、それぞれの名をなぞるひとつの時代となる。指使いたちに施されたナンバーがそのまま暦の数字となって歴史を刻み続ける。作業はグラスウールの部屋で行われる。数パターンの系列を持った思い出のスコアに透かし彫りされた文字に従って進められる。1000息の少女の名には、名の、揺れ、というものがないため、グリッド線も決してずれることなく丁寧にマトリックスを覆っている。作業が一巡するかしないかというタイミングで1000息の表情がずれ、グリッド線もその隊列を崩さずにずれる。指使いたちは座ったまま新しいグラスウールの部屋を訪れなおす。名指され続ける1000息の少女は微笑と孤独の、表情と呼ばれる恋に歴史をひさいでいる。

『愛した眺め』

摘出したサイズと同量のまばたきを彼女たちは愛した。馬、を駈って丘一帯をまばたきで埋める世紀をまたぎ、愛というものの、馬、を乗りこなす術に、摘出のための手腕が注ぎ込まれていた、と知った。空洞は生まれず、交わす言葉に愛の仕組が複雑に織り込まれている、と彼女たちは話した。摘出されたものの音を聴きながら、馬、についても話した。これほどに丘を意識させる韻律はかつてなかったのに、愛を韻律のささやかさにすら、落とし込むことがおかしくて笑った。遠い枝分かれの後、末裔における彼女たちの会話をレコーダーに記録し、聴きかえすごとに世紀の姿を丘になぞらせながら、馬、が過ぎ去るのが、理解できた、静かな時間だと、思いつつ眠った。彼女たちの愛した丘からの眺めだとされた。

21

『エレンの朝焼けに』

点滅をたどっていくと、ときに閃光にけぶり、すかさず虚空を丸め込んでゆき、ややあって定点を遠く眺めることになり、再び点滅を塗りつぶしてゆくだろう。すると突然に真っ白な光が……。ガタリと音を立てて床に落ちたエレンの装備は、エレンという装備は、いつも蒼穹を眼差していて、いつの頃からか、エレン湖、という香魚の放たれるいわゆる、たまり、という機能のこととなっている。暗い湖面の頃のことである。空をゆく雲が映り込むということもなく、時空だけが匂いやかに張っていること頼りであった、エレンという装備、は天体の動きを見ながら蒸発を始めており、エレン＝湖、からまるで香魚の白い腹が上空へむかって吸い上げられていくように、朝焼け、を用意していた。いい焼け具合で、とてもいい香が立ち込めている、朝食の調えられたテーブルにそれ用の器具が美的に並べられていて、エレンのたたえられた装備が逆照射されていった、それはそのままテーブルの縁へと滑っていって、やがて湖底へと進んでいった、やがてエレンのあらゆる、思い出、が天球に沈んでいった、それから。

『島、島、にフユが』

その谷間の部落を島と呼ぶ。島の外縁の非定住者グループの所領を島と呼ぶ。島と島をつなぐ手旗信号が、いつからか島の内部と島の内部でしか疎通しなくなっていることに気づかせてくれる手旗信号が打ち上げられる。正午の空にスキャンされるのに合わせて。水の女。信号が島と島に花と散らせたのは、水の女、という淡雪である。部落やグループがフユと発音する淡雪である。フユ＝水の女、は幾たびもの途絶を安定的なバックアップ機能によって乗り越えてきたいわば伝承そのものである。島でいつから部落を形成することになったのか、島でどのようにグループ化したのか、フユ＝水の女、がその疑問符それ自体であるため、島が、島が、思い出、にたゆたうとき、フユ＝水の女、が島に、島に、たゆたい遠く島が、島が、透けてみえている。フユ＝水の女、が語られるとき、島、島、の接着が「の」を媒介として試みられ、しかしそれは完全な癒着へと、島が、島が、赴くことはない。とはいってもフユ＝水の女、をひとつのイコンとみることはできず、フユ＝水の女、の偏在そのものがフユ＝水の女、とも思えてくる。狂おしくもない。ただ、島が、島が、永くパルスの上空で旋回しているような気がしてくるだけである。気がする、のは、フユ＝水の女、の姿を思い描くことである。

『私は服部』

いつ塊を埋葬部の深さから掘り返したのか、もはや遠い記憶の語りでしか確かめようもないが、今現に衆人のもとでてらてらと光沢を滑らせているものを、ないものと

『管と蘭』

触手だと考えられていた一本の管がそのまま一人の位階を吸い取っていったとき、管の中から一揆のおこる音があふれだし、小刻みに震えながら静々と穴を閉じてしまった。管はそのままそこの大気圏を突破し、わうんわうんという響きとともに私は独立を宣言した。そのまま私そのものが、惑星面に管を使わした。和平を叫ぶ一揆に比べれば、どこまでも細く長い管だった。やがて管の数は増加し、管の穴から蘭の花が所狭しとひらいたり閉じたりしていた。宇宙に風がともされたかのように、私は一斉にうなだれた。救いは触手を伸ばして、面をあげよ、と螺旋を描きながら上昇した。ああ、これで私や私の拾得した私までまるで声をあげてはらはらと蘭の花の咲いている時空を矯めてみようと一派が首を並べた。

『球体少女桃々の抒情』

戦線にとうとう定理を動員し始めてから、にわかに球体少女、桃々、の後退戦も噂されたが、事実はこうだ。少女たちの球体というギミックがエロの水源のように語られもし、書かれもしてきた経緯から、それぞれの身体を引き離すためにとられた手法の一つが、球体少女、というリリックだった。つまり、少女の属性(ギミック的な)としての球体、というコンテクストをわやわやにしておく、場合によっては転倒させてしまう、という修辞的な技術革命が新たなテクストを量産する、ということだ。少女・球体、ではなく、球体=少女、それから幾分かの精製を経ての、球体少女。そのもっとも戦闘的なモード奏法を実装したタイプの球体少女に、桃々、がいる。とにかく以上のような理路をたどって鬼子のごとく生成された、いわばテクストの愉楽なのであるから、仮想敵としては(いわゆる)定理や公理が浮かび上がってくるのは避けがたい理路である。理路。今、二度ほど理路、と書いた。つまりのっけから破綻をはらんでいる存在といえよう。しかし球体少女、桃々、は後退戦でしのぐという戦略は採らないだろう。そもそも後退戦としてスタートした、桃々、にとっては最良の戦術として、戦線に非平行かつ非交叉である一本の戦線を曳くことが一つの媚態となっていると思う。

して進むわけにはいかない。名づけは案外スムーズに、服部、と決まったわけだが、たとえその光沢の塊を、服部、と呼んだところで、塊は塊であって、もっとも注目される、塊は水を飲むように光線を吸い込むよ、と言われる現象に対して何ら策をもたらすきっかけになっていない。服部、に関してはもう一つある。人為的に発生させた光線については、服部、を、服部、と呼び始めたころまで、一切吸収しなかったことに誰も説明ができていない。服部、と名づけることではなく、服部、と名指すことに、服部、は一つの反応を示したことになる。実を言うと、埋葬部に隠れていた、服部、の部分は、そもそも光線とは無縁の在り方をしていたこと、これは早くから指摘されていた。埋葬部より上方で露出していた塊、つまり、服部、の尖端だけが、太古から光線を吸い取っていた。時間を越えた者に言わせると、服部、はとうとう全的に、空間を、獲得してしまったのだな、と数百年にわたって詠嘆し、服部、はその後もたらたらと、光をくれ、とおそらく言いながら、私は服部である、という自意識と戦うのだと思う。

34

『繭を汲んできて』

細い腕は背中をまわって踝の横を通りすぎ、再び胸の前で組まれている。繭の時代、とよばれている頃の子どもたちの姿態だ。瞳は送受信をほぼ停止し、古い世代の文字を思っているのだろう。１０００の繭がきれいに並べられ、時折傾いたそれは抜き取られ、抜き取られた空白に、新しい繭が生成されていく。抜き取られた繭の瞳は、管理者に、古い母親の唄を朗読し始める。これが、繭の涙、だ。一角にその、繭の涙、でたたえられている湖があり、游泳している白い鳥たちは、細い腕をひろげて空を翔り消えてしまうこともある。摂理そのものを、繭、と思うことで、恩寵のもたらされる設定が、担保されている。繭だった頃の、懐かしくうつくしい、思い出、よ。空にひろがる清らかな、思い出、の白波よ。

55

『割れた窓というページ』

窓のあったところをまたぐと割れる音がしてきて、互いにページを繰る動作をやめて視線を窓枠にはめ込む。窓の向こう

『組立』

組み立てるための素材を梱包する、それが組み立てであるとするならば、素材は梱包されることを拒絶していて、梱包だけがただただ組み立てられるのを待っているというその待ち方そのもののこととなる。それが素材の自律であろう。つまり素材とは一切の待機を含み持たない。今、待ち続けている１０００息の少女がいて（それぞれの名は必ず韻律上の快楽を備えている）、その在り方ゆえに少女たちは素材ではない。そもそも素材は待たない。ところで１０００息の少女を待たせているものは（そんなものがあるとして）、素材を待たせているわけではないのだから、組み立て（梱包）サイドのものと思えないか。あるいは、素材でないものを待たせて済ませているわけなのだから、非＝組み立て（梱包）サイドのものと思えないか（その場合、それは素材のことだろう）。事実としては、１０００息の少女は待っている、としか言

にはページを繰っている一対の祖型が座っていて、ぴたりと止まったページには、窓のあったところをまたぐ様子が印字されている。それから間を置かず窓の割れる音が追いかけてくるが、それはページを繰るまで耳には届かない。窓、と音に出してみると、窓のあったところは確かにあり、そこに視線をはわせたことも記されているが、もちろんそれが音として出現しつつある。心地よい音に互いは笑みを交わし、互いにそれと確認するときには既にページを繰りはじめている。ページを繰る動作に音は伴わない。窓のあったところをまたぐ、ということそのものが、窓の割れる音を印字したページを繰る、という行為とほとんど区別がつかない。耳ではわからないことだらけだ。窓を割ったときの記憶を、音のあとに追記してみる試みもあっただろうが、もはや確かめようもないし、窓は割れていないのかもしれない。後からならいくらでも何でもいえる。要は一対の祖型が窓のあったところを繰っており、ちょうどその音のページに目が留まったために、窓は、割れました、と記述され、それが読まれた。

『空白で埋める先の空白』

空気の下あたりの、まずは昼が好きだった。尖った河岸への波音も好もしかった。しかしそれも過ぎた。凪とはそういうものだと思う。ふり返れば一マスの空白。華やかだった時代の民族衣装のように静かに、軽く、空気に向かってぐんぐん進んでいく。あ、鮮やかな口づけ。戦闘機が一閃して私たちを四方へ散らしてくれる。空気の上に出たのだ。見わたす限り広がる数え切れない空白のマスが目をならべ、整然と図をなしている。それもときおり撓うために空白が歪み、そこを隆起させた河口の堆積物のように、空白＝自然の圧倒として襞を生み、影もつくる。ややもするとのたうち始めるものを両の手で押さえつけ、しばらく押さえつけ、やがてやさしく愛撫することもあった。そこに空白の感触が残るわけだが、実際は単に、空白、だった。悦びを延長しながら、次の空白が、好きになれそうと思う、その瞬間の単に、空白、だった。

えないが、しかしそれとても組み立てではないのか、と１０００息の少女を梱包しながら（今書かれているこのテクストという行為が梱包するということに間違いなさそうだ）、夢でも追いかけようと思う。

『女は横たわる、伝説に』

横たわる女の絵姿、といわれる渓谷を折り曲げていくと、青い水をたたえた湖がぬれていた。ともかく闇嵐がおさまるまで陣を敷いて、婚礼の炎、を見守った。時折、横たわる女の絵姿、の姿がゆがんだりし、そのまま監視を続けていた私たちもゆがんだ。拝んだ。闇嵐は笑うのだ。陣が散っていくのを耳で確かめた。横たわる女の絵姿、が膝を伸ばし始めているのかもしれなかった。婚礼の炎、は音速の青さで湖をも平定していくだろうと戦いた。気分がひらけてくると、横たわる女の絵姿、を毛布のように巡っていた樹林の枝々が、1000の目をぱちくりとさせた。闇嵐は過ぎた。湖は水をふくんだようにして隆起していた。かつての集落が賑わいを取り戻して水の面から覗けた。同時に浮上させられたそれが私たちの国土だったものと婚う風を保つことが一つの伝説となるとして、婚礼の炎、にぬれた、横たわる女の絵姿、がくゆらせる空間は、笑顔あふれる森の豊かな鳥類が奏でる一つのイコンとして、あらゆる布陣に貼り巡らされた。集落に浮かれ女が戻ってきた。

89

『書記者の白い色』

二枚の扉があり、どちらも白い色をしている。壁が白いため見境なく開閉するわけにはいかなくなり、現在は二枚の扉があってその辺縁を壁が広がっている、とは言わずに一枚の白い壁と呼び習わしている。というか呼び習わしている、という状態であることすら忘れ去られており、認識のかなり手前のところでそれは単に白い壁である。それが先ほど破られた。いや本質的に言い表すなら、それが開かれた、ということになる。むろん現時点では閉じられた状態であるが、少なくとも、サークル、の記録には、開かれた、と残されている。また、開かれた、を目視し追認できる書記者も今現在ここに存在している。さて、この状態を今ここで書記している最中の記録が今まさにこの記録なのだが、この事実そのものを書記と名づけようと思う。思う、と書記すること自体もむろん書記と呼ぶ。呼ぶ、も書記である。いずれこれらは白いことと領域を隔てることになるか、ならないか。扉が二枚あった、ということは開かれた、という記録でどのように確認できるのか。そして、白、と書記することはどこまで可能であるのか。以上の書記を記録として祈りとして祈る。

『女の子のリボン』

湧き水を避けるようにして橙色に浮かび上がっている女の子そのものが罫線であって、表層派が婚礼＝する、つまり、罫線に流し込まれている、という光のためにその時節は日没が不安定になり、暦が機能しなくなる。女の子が橙色で表象されるということ、そしてなるたけ水を忌避しているということ、が、天気雨、のように深淵派をゆるやかに結びつけることにもなる。両派の領袖は慣習的に白文系の少女であること、それがもしかしたら罫線を女の子としているのかもしれないが、ごくまれに少年が統率していずれかの派の優勢をもたらすことがあり、しかしその折でも罫線は漏れることなく、女の子のリボン、であったと囃したてられていることを忘れることはできない。そのためだろうか、肥沃な大地や豊かな水辺の変色だけはおそらく暦に従って生じているらしい。一方で深淵派も女の子を装飾＝する、を執拗に繰り返しており、橙色がもたらす鮮やかな彩り等を今では、女の子のリボン、と呼び、終いには、リボン、こそが罫線である、という表現すら信じ始めている系が広く分布してきている。そして、その分布は、罫線に流れているようにみえる。

144

『娙のブラジリア』

1000のブラジリアがブラジリア単体とは違い、1000のブラジリアが間主観性を獲得することに成功してから大気圏を無意味化した。ブラジリア知事連合から選出されるブラジリア総統の娙の名はブラジリアという。かつて個々のブラジリアはその線条の連絡システムのため機能不全に陥っていたが、それも先述したように1000のブラジリアの間主観性の出現により機能不全という機能が無化されている、という比喩の上に総統の娙ブラジリアは絢爛たる青春時代を送った。ブラジリアの歩く通りに面した広場は、花園、と呼ばれる。通りそのものは、血液の季節、と名指される。ブラジリアの馬術の訓練に使用される一帯は、嵐が丘、と札が立てられる。おそらくブラジリアがこの世から去り、永い世代の後に革命が起こっても、それらの、花園、血液の季節、嵐が丘、という名だけは残される。そしてブラジリアという名も総統の娙としてのみ記憶されることになる。いずれその名も、思い出、そのものになるだろう。

『花壇と王国』

大きくカーブを描いて、花壇、が去っていったとき、取り残されたものたちは陽を暮れさせられるくらいには、色彩化、していた。やがて訪れる1000日の暗がりで互いに婚姻したり逃走したり占拠したりを繰り返すなかで、触れあったものたちは、色彩、の残思にさまざまなヴァリエーションの組み合わせと化学変化を汲みとることができたのだった。そのようにしてかろうじて残されたものたちの位置を知り得ながら、同時に、花壇、が残していった大きな曲線だけは常に視野にとどめていた。いつしか、花壇パレット、と呼ばれる擬態システムも生まれ、色彩はよりいっそう複雑さを増しながら残されたものたちの思創をかたどっていった。王国、今ではそう呼びならわされているその、花壇パレット、の集合体はそれぞれの、花壇パレット、がモザイク状に再編され、ひとつの巨大なエンブレムとして、海上、に浮遊している。残されたものたち、とは、この壮大な王国のひとつひとつの側面史のことである。

『租界の白いアジサイ』

その家ではいつの頃からか、テラス、の白い屋根が深々と午睡を覆うようになり、白昼夢がガス状にわだかまっていることが、雲、として租界の、天象、に加わった。その家は、教会、と呼ばれるようになり、雲、は祈りの姿として租界の人々の恩寵を量産していく。教会、はやがて増築を重ねてゆき、テラス、もそれに合わせるようにしてその数を増やしていくのだが、テラス、の場合、大きな窓のある箇所にのみ設置されていく性質上、わずかな窓の周辺部に集中的に増殖してゆき、また白い屋根も必然的に伴われたため、結果的には白い過密花の様相を呈している。白いアジサイはむろんのこと、相当数の、雲、をひっきりなしに放出していて、それぞれがそれぞれとともにガス状の白昼夢であることが、恩寵となり果せている、租界そのものの深淵に他ならない。折しも租界では市街白化計画が勧奨されていたことから、租界が深淵を抱えもったまま白いアジサイ(もはや人々は、教会、をそう呼び始めていた)に飲みこまれていった。それは或いは聖戦であったのかもしれない。人々を白い恩寵がゆくりなく包みこんでいく。いや、真実はその逆だ。人々の儚い夢が、白いアジサイ(その頃には既に恩寵のことをそう呼ぶ人々も現れていた)という名をほしいままにしていったのかもしれない。

『平行と恩寵』

悲しむことはない。義脳逃走の結末はある種の確変と同じで、脱兎族の口承系ではそもそも在界すら保証できない。逃走は私たちにとってすでに消滅を意味する。眼球を左右に引き裂くように移動させ、義脳をねじ込んだ数世紀の間、平行世界の統制がほぼ綻びのないところとなっている。しかし各々の平行世界の進み続けるベクトルを操ることはむろん不可能で、というか、そこに対しては完全に無関心であり無防備でもあったため、義脳世界、というものへのイメージもそれに従ってかなり貧困であったと言わざるを得ない。つまり、起動している義脳のほんのわずかな視界のみを、私たちが享楽している豊かさであると思いこみ、その膨大な成果を、書庫、に仕舞いこみっぱなしにしていたわけだ。だが、その、書庫、で起こっていることを私たちは知りようもないし、知は脱兎族の機能不全をしかもたらさないだろう。私たちはわずかに在界という認識だけを豊かさと信じて義脳の突端に飛び出ている眼球を左右上下に動かしていること、それだけが恩寵であるだろう。ベクトルそのものがスケールを持たない音楽をもたらしてくれるとして、私たちにどうすることができただろうか。ということで私たちは以来完全に思惟というものを捨て去ってしまった。

233

『コーヒー納言』

波寄る立ち姿ばかり追いかけているうちに、靴の売り方を忘れてしまった、とばかりににやけている紙幣を差し出すと、自動的に樹脂の容器と沸騰したコーヒーが差し出され、なおかつ、静かにせよ、という札も示された。かつてここらにあった姫ゝの残り香が街区を決定的に貫いているが、さすがに札は撤去されるべきであった。立ち姿というのも、とどのつまり見返り姿に他ならないし、小股に札びらを挟み、人々の笑顔をひらいたり閉じたりして、スーパーノヴァ以前に、今に似ている珪素が、まさに目の前にゆらゆれているかのごとく体を冷やしているのが、よく知られている。さて、霧散した姫ゝの艶姿をねんごろに追跡している、大納言、は本当の意味での波であったし、大納言、の蔵し

『球体少女桃々の青春』

蹴りあげられて缶はふくらはぎとなり、癒着発動のあと、縁がわの陽のもとで球体少女、桃々、のふくらはぎがしだいに発達していく。母屋からとおく呼ばれ、桃々、は立ち上がり、蹴りあげられたふくらはぎの漲りと同期してから、一気に天地をさらった。ぐんぐんとフォントが小さくなっていくのを横目に、桃々、は、アリたち、が猛スピードで缶を追っている様子を睥睨する。ひれ伏すのはその様子ではなく、それが缶のラベルとして曳航線を残している、という、アリたち、の意識だと気づいた。ふくらはぎまで、アリたち、が這い上ってくる、というラベル、缶の飲み口に向かって、アリたち、が吸い寄せられている、というラベル、あるいはスピードに重なって缶のように、アリたち、が飛翔していく、というラベル。それらを少女、桃々、は次々と回収していき、また元のキック・ポイントに缶を戻すことになる。縁がわの下から眺められる、桃々、のふくらはぎは母屋として深い眠りに入っていく。ややあって、母屋からの呼び声と同時に缶を蹴りあげるふくらはぎが見える。

ている、白いかつて、は珪素のもっとも美しい多面を要する秋波であった。こう記録は伝える。

『ヨメカ、ウカ、アリ』

機械の仕掛けに精通している職人たち、は年々その数を減少させているわけだが、ボット化への抵抗という、ある種の本質的ではない抗いから流出していったヨメカウカアリを商号としておこう。嫁化＝羽化＝蟻、という連絡は忘却されて久しいが、仕掛けを操る上で何ら問題はない。座、の商号が流出の憂き目にあっているヨメカウカアリだが、商号である、という技術を誇示するというアイデア、これが、座、で決議されたことを説得的に示す根拠は見当たらない。また、実際にヨメカウカアリについては、生態はおろか、その姿すらほとんど確認されていない。もはや伝説としておくのが無難なはずだが、奇妙なことに、このヨメカウカアリの存在論的価値のインフレーションの気配すらない。それどころか、職人たちは、座、内部においては互いをヨメカウカアリと呼び合っている。実際、これらのヨメカウカアリたちが、機械の仕掛けを易々と操っている姿が目撃されてすらいる。よってここにヨメカウカアリを、座、の商号とする。

377

『朝は微熱に鏡像を与え』

腕で受ける陽の光が飛び散り、たちまち、夜、と声が響きはじめる。夜伽衆の腕はそのためにいつも磨かれた鏡のように冷たい。無茶をいう連中などは、やや暑熱が過ぎると夜伽衆にむかって腕を上げるしぐさをし、夜、を促すこともある。夜、とは、光の重さがほとんどゼロに近づくその持続のことだ。夜伽衆はそのゼロの部分を支点に昼と夜の軌道をぐるぐると回っていることになる。ゼロというのがもし比喩でもないとしたら、鏡の冷たさの腕は、その冷えた鏡像というゼロを、間違いなく目の前に、そこに、ある、ということを認めねばなるまい。そして認めたところから夜伽衆が一斉に走りはじめるという、朝、がしっとりとした美しさのことになる。美しさを映し出す鏡面のように巻かれた腕の中で眠る微熱も、近く飛散し、その声も消されていく。

610

『丘を染める娘の感情』

染まりきった丘のわだかまりの中で、たった今死んでいった虫たちが最期に見た雲は、ほんとうに娘のように流れていったのだろうか。もはや虫たちから感情喩を抽出できる季節は遠のいており、私たちはその正誤を想像で処理するしかない。それとも、常時記録されている気象データを照射し物語化させることで浮かび上がってくる雲を眺めることによって、私たちはわずかでも、娘、を知ることができるのかもしれない。惑星の気候は、いわば、感情喩と酷似した波形を描くことが知られており、時には両者が完全に一致しているように互いに振る舞うこともあるらしい。虫たちはおそらくそれを知っている。だから虫たちが、娘、を見たとするなら、それは今や確実に染まりつつある丘をつつむ天象であったはずだ。そして虫たちは実際に丘の上を流れる雲を見たとき、娘、を見たとする記憶と雲を同定してしまっていた可能性もある。むろん一つの誤った想像かもしれない。そうかもしれないが、私たちが、娘、を見ることがない以上、私たちの、染まりきった丘に浮かぶ想像を、娘、として、時季によっては虫たちが持っていた感情喩のように方法で抱きしめるしかない。それを私たちは、娘、への愛と信じている。

『水の上でうたう』

一枚の水彩画が語られた。よって世界はそのように浮き上がった。水彩画は描かれたことはなかったが、語られることそのものが、水彩画という浮上を世界に引き起こした。そこで、今の世界の在り様のことを、描画、と思うことにしている。描かれた、水彩画、は折々の色彩がきちんと格納されており、世界はいつでも、世界、であるために備えている。ところが、水彩画、は、世界、は、描かれたもののすべてであり、描かれなかったものは、水彩画、では、世界、ではない、と語られている。あるいは、語られなかった、ものは、水彩画、世界、において、いや、として、浮かんではこない。ユ＝ウコの工房では、それが、おこなわれている。しかしまた、ユ＝ウコも、水彩画、世界、においてのみ制作という語られ方、描かれ方が許されている。今、一枚の水彩画を工房の壁に立てかけてみる。色彩はおそらく控えている。現れている。その出来事がユ＝ウコのワンピースを水彩で染めていく、ユ＝ウコがうたっている、うたっているよ、ユ＝ウコが。

背のすらりと、
抜けていく気がしたから。
思えばテレビの明るさ、静かさ、
暗さがこんなに女のひとのほつれて、
立ち姿が聞こえてくる。
水の溜まった視細胞はわたしは深く、
深さは、ひとかきで闇をやぶって、
映りこんでしまった手の白かった。
文面のまま、
春を待って
会いにくるとは。

花嫁II

かいま見せし障子の穴も思ひ出でらるれば、寄りて見給へど、
この中をばおろし籠めたれば、いとかひなし。

早蕨

ヤーの娘

この体は示現構成体
私の本体は別の場所にいるのよ

窓のうらから見えるテレビから
帙の咲きにおっているあたり
灯りの昼ひなかにしんねり歩いていく
かげひとつふたつ梳く髪のフニペーロ
ダイニングは皿でみたされる
仕があまねく映像の切れめに沈みこみ
述の髪留め
話しかけてきたのは髪のひろがっている方の藻であって
とび去ってしまった字幕のうらから見ているテレビの窓ら
とび去ってしまった渡り鳥の目が見ていたはずの映像にうつりこんでいた
空がいつまでも手のひらでとらえきれなくて
フニペーロの横に座って羽根をたたみ
リュックからとりだした端末のかげひとつ浮いてくちばし状に切りとる
奏の窓の字幕下からのびつづけている息のように冷たく
遠くあやつる綾目の斜め下からのびつづけている冷たさで
ひかりにむかっている葉脈を読みとっていく上で
はなしが形作られるまま皿に盛りつけていく姿の
見えなくなってしまった映像の間に

笑っていた
窓のうすさくらいのフニペーロは述として進んでいる
文字どおり営巣する桜のうすさの渡り鳥のようなフニペーロ
古いはなしにも似ている稜線を滲む
ひかりひかりりりしずむ
電されていくかげひとつ
みるみる姿となって
いくつもの手のひらの葉脈の明るさに流れていく
渡り鳥の群や羽根のひろがり頷
歩いているひとつのかげの中からしだいにひかりはじめるテレビ釉
ますます空がとらえきれなくて皿からこぼれていくかげひとつとって
片方のもらいものの目に横たわっていつまでも
乍の
ひかりの原に吹いている
昼
皿々と
奏の前
はてしなく繰りかえされていく映像のひかりの原に
吹いている髪がたの
空をかこんで笑っているかげひとつふたつ

号が沈むとき
密か事のさざ波に似ているとき
鍵盤の早業の切れめにいろづいたとき
テーブルにひとつのケーキを
ことばに置きかえて
声をならべ添わせ進ませるとき
ひらいたひかりの密かなこそこそ

耳に似ているとき
切りかえられた
電的な肌ざわりから紐といていく川の流れの中の
クリームの味が繰りかえし声荒げいつしか
あなたのゆれている映画を見ている背ぼねはうつくしい
季の指のおしつぶしたことばうすずみ
こすれていくもの音のあまいにおい
うしなわれた篇の睥
ことば面にいく条もわたしたちの昼をこめていくかわいい
いろをおもえフニペーロのおさげをさげて文
したため
生きていることの繰りかえしいつしか
手わたされた篇をもみもみとしている指の映画の中も
空気がうごいている
いく聯ものコードをかさねていくと境い目の濡れている音そのものの
あなたのわたしに彼らの声うるわしいメールをひらいた
ひらいた昼のひかりひかりフニペーロのひかりひらいているケーキの上の
いちごのいろいろ
絢の流れていく川のことばがひらひら
ひら舞い散っているうかがいしれないカメラの路まわしや
テーブルの食べものの前の飲みもののゆれやまないひかりを浮かべているはなし
ふたこと三言
自転車をこいで季と皿
過ぎゆく空
大きくとび散ってさざ波の浮かれた映画のくりかえし

繰りかえされるコードうすずみ
わたしのやさしいふるさとのおもいでや母の婚　朝っぱらのうら声

くち笛をいく重にも巻きとってゆき
きれいなおさげの生きている映画の中のいくつもの声やうた
みたされた景のおとしていった篇の川を泳いでいつまでも
どこまでもひらかれていくケーキのそばの手のひらことば
遠い平い植
ため息のいろいろのいちごかしら
いちごいろのカーテン越しの暮れていく夕べのこそこそ
こんなに朱った
窓の下を水が
うちつづけて
ひとくちに飲みほしてしまった
きれいなひかりで編みあげたペットボトルだけであなたを

接続《つなが》れ
遮をいくつもつつみこんでみる演があり
腺やおろしたてのシャツの折り目をうるませて
ひとりスクリーンに佇っている
むかえ入れるのどのふるえいく重かひろいあつめ
こみ入った編み目の上にまっすぐ叉しているわたし
フニペーロのはじまりの姿と小さな肩
耳のまわりで踊っていた鳥のしずもりの息
ふるふると
端《はな》にかかった呼び声があたりをみたす湖となった
しずもる息のはてのコロニーがかすかに
さえずる肩のあたりまでのびてきて
編みこみの紐ひとすじで結わえてしまえばそこから地軸がどろり
かみつぶした汀の異をあつめひとつに束ねている
おぼえたてのうたの線に声をあわせてわたしたちは笑った

語りおもう
虫に喰われたすじ痕のいろをまぶしく見かわして川へそそぎにいく夏ら
まぶしく水をとりにきた鳥の悪くちを笑うゆたかな日々
獲の味を名で呼んでひとつふたつ撰びくらべる集の
消えていくことをおもえばそもそもそれは
きいたことのない鳥のさえずりをたたえた湖の上で営巣する着衣だった
手のわざ
折り目ただしい
更衣のはてまで追いかけて食い散らかしているくちばしのいろいろ

あずまやの軒のあそびにくす
指をたずさえてつれだつ雨やもののおと
むすびあって
はみださないように充分に
むすびめを読みあげて　もういいかい
まあだだよ
きつくふたつと解けないようにまつげをつくろって
つくねんと雨のつづきに浮かびあがる軒の遙
揮してゆく花柄あはれしたたる
雨がいつまでも降りつづけてさえいたなら軒のからだはきつく
ほどけることなく　しずくのこころもことばを映す集に
いく重ものフニペーロ
路上にわらわらとあつまってくるおさげやぼうず頭を切りおとし
きれいに洗いおとして見せあって（鰐はしぐさでしずかにしるされ
こころもとない手あそび
棚にならべていく軒の下から
ひらく指の文字
濡れている令のひともじ三文字を々《いん》として

巻かれていく映画の収まるあずまやの
あそび
手のひらの上で咲きほこっている
指のひらのまわりでほどけている花のにおい
たっぷりと汗を吸った軒のしずくの綾なすからだの生きている充分に
つづいているものだけが映画のようにことばの食いものをまるめこんで
かくし札のうつくしい模様のように笑っている路の
花
つみとって爪のおとにしてしまう
きついつがい

翠は跳の地面にはずんできれいに均され
雨のおとだけをたよりに前をむく
こそあどことばのひだり側だけがちぎれて
流れ
放れていく
ラジオの空が今日もはるかに広々としていて
おとがいく重にもかさね塗られてゆく鳥のよう
たちどころにさえずりかがやき
めと　目で
かわす花むすびの庭におりたつ傘の上の翠のおと
逃げる夏の
窓の庭から遠の手のつながりや指もじ文字もじ
山や川それから木々や草々の郵のように傾ぐものおと
敷きものをしいた上でならべられていくコップのかげや着せかえのま
かたみに呼びあうこそあどという平坂を
かけおりていった髪のむすぼれた花ぶさは
さきざきにさきわい

玄関さきまで届けられるきれいな映画にうつったうなじの
滲んでいる文字の恥じらいを名づけていくあそびのうつつは
いつまでつづいていくのかしら
逃げあしの速や回しでひとコマひとコマがとび散って空かき曇り
散らばる落の器やカメラが道のべに繰りのべられているから
夕すずみのひとつやふたつ　ききあやまって
焦がれきってしまう帙
ならびに沙の上を播してゆくこそあどの坂にフニペーロをつつみ
流れていくゆくえの話
花のゆくえはるかに式の化を
おもいやると
あづまくだりて繰りのべられるフニペーロうりふたつ
ひとつ

とらわれ鳥のしずくの対
窓をとびだしてゆく小さな声が斉へなりながら
見目うるわしいからだの細さのように
うたいこめる　はなたれることばがずっと白い
はなしことばのしらじらと
暦の上に瞬いてひとつの
令の上にころころと笑っているほつれ髪を
短くする　あそびつかれた道々に散らばる貌らせん
目くばせでからまり　いたずら　ラジオがしたたる
そぼったまつげの伏せた　尽きることなく延
目にみえて水窓のうつしだす声のとらえるさきざきにも
豊かなうたが花ゆらり
ひらいてかわいくゆれている
地をうつしだしたことばと見目が

球のたわみをまぶたに縫いこみ指にひっかけ
少し傾いたまま　窓に
沈んでいる
がひとりと
ひとりの綾とりのことば
ありとある図の承の上ではしたなく眠る
のびきった指がなぞる　見目の細いからだ　たたえられる螺子

水口あたりで調合されていく関がひらく
膝から下には水がたまり
靴には大きな穴があいている
まばらな雲のようにあいたほうの手で
紐をむすびなおしていくつもの芍を越えてゆく
眠いといって二の腕をひらいてひらひら
したたる汗のふしぎないろも
階からのあそび声の細さや姉
天気のようにみずみずしい門ぴのはたでこそこそは進む
実にふくよかな根菜がとりたてている皿のかたちで
割れんばかりかしら蛇口から放たれる銀がつき刺す
運ばれていくのは口の中の穴があいているところ
ゆめみたいに水に流していけばそこはきっと
むすぼれた言いあいのぱらぱらめくる音であったから
わたしたちがいないということ
しっかりと見わたしてみる
夕べの原に磨きたての靴ベラをはらいはらいし
かえってきたものを
膝の下から

たかい獗もいつかは消え
いつしか消え
海の底だった帙というこそばゆさがなくなり
貝がらみたいに散らばって
夜空をかざる声のうすれゆく
掘りかえされる　こころの在り処のかたちに
そびえているものをこの目で
見ている今このときは
足もとにひろがるさまざまな音を頭まで吸いとって
たち尽くしているから見えているものが　こころのままであって
かつてあって
いずれなくなってしまう
文字でうめ尽くされている樹系のからまっている笑っている沈んでいる花びら
ひらいた手のひらつかむしぐさ音楽
降りつづけている
昼ばかりであふれかえってしまう水をうけとめるのも手のひらのしぐさ音楽
ものを見ている眼を映す湖となって
目にもそれはたたえられる
たかい軸の上で文字のはりついた湖となって
泳ぎまわっている音に流され書かれつづける
日と
目
真下にかさなりあうめぐりのころに
一切のさざ波を吸いこんで
湖面にうすれゆく螺子の貝がらや骨折そして頭
さだめし
気ままにこころを見せあって
空気がうごいている

空気がうごいている
うすれゆく音のなか気圧の狭間でひらいた樹系の花びらは
湖底にたち尽くす夜空の文字や日そして踝
そして耳
しぐさ音楽

号がずっとまっすぐならんでいる帙
甲骨が大きくひろがっていけばフニペーロより
とどまっている令を追いこして
トランプあそびの電子音でまねて譜する
一枚のいのちのうすさが弧をえがいてたたいてくる
颪をきって
きれいな目を見せあつまってくる
カードをきって
指でひとつひとつ数えていくこころのこのごろをならべているずっとまっすぐ
少しずつ切りとられたはなしのはしばし　こわしてしまう
フニペーロたち
ひろいあげた一枚ののぼっていく荘厳はながいときの髪と
ふるえている
ふるえ
からまっている空からの神経のそぼろのいろのとりどり
きこえてくる颪はフニペーロのいた　たしかさである
ふりやまない喃は水におちて　いろめく
よせくるラジオの周波の侯はひっくりかえって
ひとそろいの骨で高くのどをふるわせていくたしかさは
すすんでいく珪にのせていた音楽そのものの断のあいだの
きりきりなる
湖の底に入っていくハーモニクスとなって

（帙が沈んでいくのを見ていたのは
フニペーロのすらりとのびた手や足のにおい
抱っこしていた　まつげの長さや舌たらず
声をかぎりに散っていく季節のうつろいの文字はたしかにそのときの
長さの髪となってフニペーロの旋律をとりまいてゆき
波紋の上の湖と見つめあっていたわたしは
手がおぼえている　ひかりひかりしずむ
一緒にうたった歌のことばを走らせてフニペーロを浮かびあがらせる
湖のたくさんの水に透するひとすじに縒りあわせることで
浮かびあがらせる　数字に
ずっとまっすぐならんでいく少しずつの行をふるわせる水として
ひかり
ひかりしずむ

花びら舞いちる坂の途
春をしったフニペーロも見るだろうか
施のおよんでいない原からぬけるお日さまを花粉がたくさん指になっていく
過ぎた疾の絵がらから逃げていくみたい
いろづかいといい息といい
川敷のへリポートまで自転車をとばし
（いくつの坂がころがっているか
空はすっかり黄いろくかわいている
ここになにを建てればこれだけの眠りがお日さまである
濯の下で爪をならべ声がひく
気分、そして絵がらの
春めいて
もう季節のはなしをしないでもいいようにせせらぎに耳を浮かべながら
とじた目のさきで

犬をつれた人たちが文字のようにうらがえり
草はいっそうにおい立つ
まだまだ風は冷たく白いさなかに
読んでみるといい、ない交ぜになった心とこころの草々を
いなくなってしまう人が浮かんだ空の流れていく川でも心をくだき
追いかけて
おいじゃれている犬たちがいる
つれている人たちのはなしに生まれたばかり
手紙をひさぐ罫という名をほしがっていたから
春をしったフニペーロはおそろしい速さになって坂を
おそろしい速さにたくし込んでしまうイヤフォンから漏れる川となって
遠く鉄橋がかたかた鳴って

日をおおう花のにおいやかな音に切りかえて
まだ立ったまま紙をねらっている
にわかな雨に驚いていってしまったあたりに
歳時を述す
フニペーロがつくった鳥のまなざしが記
できあいの筆記体のねばりと息
吸うこととねむること
かさなりあう額の浮きしずみが地形を
地形をかたちづくる魚をくわえて
空がひろいことを色鉛筆でぬる　午後の園庭で
迎えを待っているこころのまわりに
人の終わりがそこここと咲きにおっている原
うごかしているもののことを書いている人は
とっくと文字のしみとなれ
成層圏をつきやぶる

うつろっている花びらの上に
くつろいで見ているのかしら
わたしたちが指さきをまごつかせている文面のそばで
ひっぱたいてもらうための頬をひらいた
わずかな　おもいでの　時系列も　口承
利き耳
展承しているすごい速さのいろとなって
おおい尽くしているとニュースでいっていた
きれいな円のテレビの中
世が
応戦しているながし眼球《め》がたわんでいる
わたしたち
方眼

姉妹でます

太陽コミューンならいえるだろうか
きまぐれである
わすれっぽくもある
だれかが出撃するためにも
いただいた声が
声がいくえにも置かれていく情景
これをゆるせないことだと
はがれた声にのせて
いえるのだろうかいつか
それともいつまでもずっと
いつだったかきれいに飾られた出撃に
うっとりからだを寄せたこと
夜だからほたるがきれいだったということ
それで出たということ
かなしいをとおり越して
海がちかかった
まちがいはそこからつづいている
わたしたちはいまこそ
朝焼けをすいこんだ土地
マヤコフスキーをくわえこんだ土地
土地をだきしめて
声がいらないくらい
みていられたら
ながれつづける空もつめたい

着衣のなかの姉妹だから
革命的な姉妹であった
かの女たちの連続をまもれない
なみうちぎわでくちをあわせた
去れと
異なっていると
それはそれでまつりごとはすすみ

人とひとがよびあって図形的な
なみをうって
枯らしているもののことを
しっているのかしらない
しらなみのよせるように
すこしずつうばわれていく声がある
うかつなかたちの人たち
かつて英雄をおくりだした人たちが
よみがえっている
図がそうなんだよ
出撃を地面にかえすすがたをみせ
みせているすがたで出撃になみだぐむお母さんとよばれてから
ほんとうの革命はとおい
革命こそ出撃してしまった
ほそぼそと詩をかいている姉妹という
名をもった革命こそが
ただ
出てしまったとして
おなじ弧をえがいて惑星はまるい

赤い草をいっせいに
なみうたせる
一枚いちまいとりさっていく
声のうら地で
根をはる
はりめぐらせている
あしをそろえ横すわりする
朝焼けのなかの革命
髪どめを着衣にまぎれこませる
きれいだったころの
ほれぼれとする出撃のライン
こぞって太陽がかすめていった
土地をひらいた
上手に梳かして気をおびた情景
ふたたびは草の血で
おもいえがいてはいけない
ぬれた信仰のうらがわから
あふれだす姉妹のこそこそばなし
コミューンのうわさ

きちんと靴をはいてあるく
かたまりのなかに姉妹がいる
解体や闘争をくりかえし
姉妹がいる
靴をはいているきちんとした
路線にならんでいるかの女たちが
いる
かの女たちが太陽のしたにいる
姉妹のかげをつくりだしている

もうすぐだ
もうすぐ出る
土地がおわりしだれかかり
みずうみをながす
身にしていたものをいっさいぬぎすてる
風がうごいているのがみえる
あるくかの女たちは姉妹
うけているのは水
ちいさな花びらいちまい
いちまい身にはりつきはじめる
うごいている風をよこぎる
しぶきがぶつかる
すすむ方向にしずむ姉妹のかげ
太陽のコミューンといってみる
かの女たちが
まちがえているとして
太陽を背にしている姉妹
みずうみをすいこんでいる海に
うつりこんでいるかの女はかげではない
かげではないという反照そのもののかの女
うつりこんでいるのは
いましがた出た姉妹
恋のはじまり
花びらのまいちるうわさ
人たちがむねをよせあっている
凪いでいるはなし
ぬぎすてられた姉妹の着衣が
海に根をはる

土地にそむいたかげをのばすように
かの女たちがひそとかわした
ことばのように
太陽のコミューンという
いってみる
人たちがわすれさっても
帰還をまっていた記憶を
うしなっても
いってみることはできる
とおくとても遠く
いっているもののなかで姉妹は
出るまでまっている目をして
土地の情景をうたっている
朝焼けをうたっている

みいのち

ゆびのあいだ
こぼれる
おじゃみゆびの
ぬい目
のぞきみる
美井がおる
いとうたく白い
やせるやせる萌え
あみ目がぐるぐるなごりをうみ
しまいにはなんどもあんでみたいから
美井としぐさにうつした
はやり病のようにやせ
かわすそばから傾く
なで肩
かみの毛がかさなりつみ
いちめんのゆきゆき
もりもいやがるぼんからさき
ぱらぱらと散っているかみの毛に
傘さしたらいいそしたらいい
ゆびさきがとおる斜交いの
手ぐしも表情をそえてわらうもの
わらうもの

ふたりはしずかな立っているのど
のど声のふたりもふたりふたり
ひよりやまをこえ
美井はやってきたやってきた
こえはふたつにみえやしない
ひとりのおととてこのてのひらに
散らつく
春の野にて
手きるきる摘んだ菜を
親まぼるおやまぼる
美井のつれてきた美井はもういない
美井のつれてきた美井ににていたから
もう寝たろうか

寝たろうか
こえによられる目ぬきの宿で横に
横にみえてきこえたか
それなら縦にむけてながせ
水にながしたうしろのしょうめん
ほやのつまのいずし
すしあはびを
心にもあらず
はぎにあげてみせ
美井の手にみえたえくぼのかたち
そのまんまの
池にたてこむ市のおとして
ゆえにほむらなし
ついに刃にふし
かたびらに飛びはしりそぎ

ぬれぬれと乾かず
首の笑みたるままにある
帯はなし
髪がたが池なみのまま美井の寝すがた
なきはらしたちいさなはな咲き

寝すがたは香く
めいめいが美井のみえかたで
なきはらした花ははらはら
息をたて
明治のゆきくれにているから
そのままながれて花は
寺からはずれていくはずれていく
冬にいちばんちかい朝におき
だるま落としのようにみんなおきた
美井だよ
美井だよ
ふしあわせてゆびのかずそろう
あいのてはくたびれよ
世情はもんどりうって
お日さんのしたくっきり一重にまばたいた
かたをもぐように抱きついてきて
しまいまでぎゅっとしたな

草をぬくあいだ
日にしめた一輪車きこきこ
わらうのがコンクリになり
ないたさきにいちりんの花

よこにならべてくちつけて
ほんに美井はいきているわ
きこきことききこえてくる肩ぐちで
はねるかみの毛
はらい
はやりにやられたかすれ声をしのばす
ねえねえあしたいっぱいのせないの
のせないのねえ

駅舎のうえから窓があり
のぞいている路線もあり
みんなをのせてぬけていくおとがし
うしろからぽんぽん頭をたたく
美井がわらっている
おやまですりむいたお皿のあたり
いくえにも波がひらいているはなやか
犬やねこやいろいろなものに
たべものをまいておどる
おどりまわるもひとつの
はなやかな季節めぐりにみえ
ひとめぐりのなのか分に暦の
うまくあわないばかりでしょうがない
まにあわなかったみんなをのせているもの
ちかくにあまりみうけられない
美井のちいさなもののもらいの家来

うちとったわなげの花の
きえいったなげられるわの

ひっかかった美井のこくびの坂
くだりんこ
なげの花のように喝采した
すっかりくたびれてしまい
ひらききったてのひらのすがたに
いくえにもかさなる寝ぞうのおと
むやくたのおと
きりんのはしっていった年号からもどる
それでもいつもわらっている美井の
にぎりしめていた
むしのすんでいた
どんぐりこ
どんぶりこ
どんぐりこま
はいでてくる花模様にも
美井のワンピースがゆれゆれ
まくれあが

ひざを終えてぬれ縁にいきます
はねかえるまばたき
散りしく横すわり
国木田独歩をもたげもたげ
くにぼめとくにびきを出入りしつつ
つつとぬける
ぴちゃぴちゃとすぼまる
とおり道をぬける
美井ににた細こえで
手拍子をまねくかげのある
るるかたるにまかせている美井に

手をこまねいている耳があり
いったものだ
米麦
肌かくすものも
いそぐいそぐ
六字の御名しんじとなえれば
ごくらくにやすやすぼつにゅうと
はしるはしる
はたと気づけばぬれ縁の
かみの毛にだまされたかげのとなりで
すっくと美井がピースサインの
寝いきをたてている

そいでもって
ゆびみずをくちびるにゆわえつけ
しずかな美井の
しまりぐあいにまんじりともせず
耕耘はひとめぐりにめぐりあい
あいしています
おててつないで
はねるはねるいのち

ハンコック

――1984あるいは球体は《私》は記述している記述――

あらゆる瞬間や位置、つまり球面や球体の隅々まで、余すことなく言葉であって、《思い出》である。あるいは単に、《思い出》は球面であり球体である。

1984において、かつてない変異を耐え抜き、伝承の散逸を免れた希有な世帯、それから《思い出》の調査は、現に今、表象として在るものの符合的一致過程として価値がある。とてつもない価値がある。《語り＊リス》と呼ばれた配列の複雑な編み目状の、互いに関係性の構築が可能な、つまり《私》だが、その《私》たちにとって、その《私》たちの原初的な集積を手折っていた尖端部（多くはそれを指先と言い習わす）という関係たちを、どうか保存それから伝承していきたい。なぜなら、それが唯一の、そして決定的な、《私》たちの原点だろうからだ。いや、原点として起ち上がらせる、恩寵となるからだ。

摂帯家については各論で記述していくことになる。ともあれ摂帯家は、変異の操り手であった節が指摘されている。1984よりも遠くさかのぼる位置で、地面からの距離だけで年号が積まれていく、それは摂帯家や他の世帯にとっても、哀しみ、だっただろう。当地点においても残されていた唄々が掻きむしったのは、かつては厳然として表象であったものが、きめ細かく虚像であると腑に落ち始め、次第にそれこそが表象の、世帯の、正体であったと突き止めねばならなかった記憶。翻って伝承だけが、一条の戦線であるという深い認識。いわば認識者と地面への先祖返りを希求する者との、記憶の塗り替えごっこ。伝承を維持するためには、どうしても、どうしても世帯そのものの変異それから散逸が避けられなかった。下された判断は永遠に尊重されなければならない。それは知っている。

マ＝ふゆはその祝日の朝、御亭亜を点てながら、枠外を視示していた。椀からは強く薄い湯気が伸びきることなくたちまち不可視化されていく。マ＝ふゆは椀を手に取り、静かに回し始めた。湯気が意志を持つ。視線は一羽の鳥‥々をとらえている。二三度風を切るように横切ってからぱたぱたと音を立てて枠内に入ってくる。携えものを運んできたのだ。マ＝ふゆは鳥‥々を椀の縁に止まらせ、湯気をまとわせる。という間にその一羽は湯気と同じく不可視化され、枠外にぱたぱたと音を残していった。携えものがマ＝ふゆの視覚に視示を与える。それは紙片の水のようにいとも簡単にマ＝ふゆの気分へと沁み込んでいく。ノト＝ひめろうが会いにくるという。御亭亜のふくらみをそのまま喉へと納めていくと、マ＝ふゆにはそこが、その御亭が、ノト＝ひめろうの喉の奥のように感じられた。足を伸ばすことも難しい小さな御亭であっても、ノト＝ひめろうはどこまでも拡がっていく御亭亜の湯気としてマ＝ふゆには見え隠れしていた。気づくと枠外には、鳥＝々が三羽、四羽と小さな群れを成してマ＝ふゆの椀から伸びているのが遠景された。

《思い出》の多重構造の、それはもちろん整ったミルフィーユ状ではなく、薄い雪片が交差状に積み上げられているような、面の接触している面が必ずしも一つの層だけではない、その程度の複雑さを備えた多重構造の、面と面の接触部からどうしてもはみ出してしまう、いわば《思い出》の屑のようなもの、そこにのみログが残されている、その一つ一つを拾い上げていくことで初めて《私》たちは摂帯家に触れることができる。

気の遠くなるような作業だった。巨大な水槽から小さなスプーンの一匙で、特定の、例えば既に溜まっているタンクの水面に後から任意の水滴を何度か落とした、その水滴の一つ一つを、その水滴のみをすくい上げるような作業だった。そして《私》たちが現在確認できる確実な水滴はわずかである。しかしそれらは、恩寵のような奇跡のような水滴たちだ。

〈マ＝ふゆ〉については、これ以上の伝承は全く把握されていない。今後も一切のログは補足されないだろう。このわずかにすくい取られた《思い出》は、〈マ＝ふゆ〉が既に地面からの距離すら概念化できない世代に属していることをうかがわせる。観念が、言い換えると、言葉が、実体と目されている、そのようにしか解きほぐせない。言葉抜きには、瞬時たりとも表象はない、かなり《私》たちへと流れ込んでいる。いずれにしても、〈マ＝ふゆ〉にこの事態は告げ知らせたくないし、おそらく〈マ＝ふゆ〉は全停止されているだろうという観測を、わずかな救いとしたい。

《私》たちは、その雪片から零れた粒子を、一つ、一つ、ピンセットで拾い集めていく。一〇〇〇にも余る粒子を抽出することができたが、そのほとんどは、文字通りの屑であり、例えば、〈けば、心のうちでハ＝みせに指〉や、〈ふとともに海光関の点描が二人を語り〉や、《臍水＊リリ》に圧縮線の延長を言祝ぐ日々に、もちろ〉や、〈へと変わ〉や、〈体機＊ホーム》によって築かれた小譜面に近いことから末〉などといった類のもので占められている。本記述においては、比較的（といっても随分）形の整ったサンプルを並べて、可能な限り摂帯家の実在に近づきたい。願いだけの願いだ。

夕食を作りながらスパイスの一つを切らしていることに気づいた。なるべく速やかに調達してくることをシ＝たははナカ＝いろに言いつけた。ナカ＝いろは軽く舌打ちをして、メイ＝あんかを誘ったが、メイ＝あんかは他のスパイスで十分対応できるはずだと応じなかった。シ＝たははそれで味が普遍でもないかと思い、ナカ＝いろに目で合図した。ナカ＝いろはキッチンに入り、シ＝たはを手伝い始め、シ＝たははそのまま作業を続ける。スパイスにアクセスし、料を暗号化する。たどり着くスパイスによって暗号は複雑化もするしシンプルなものになったりもする。摂取するときに、各自が暗号を解きほぐし、そして嚥下する。これで取り込みが完了する。シ＝たはは複雑化を好んだ。光線の位置や加減で無数の現象を実体化させる石のように、摂取するときの気分やタイミングによって、無辺の世界を構築することができる、これがシ＝たはの理想とする料理であった。その夕べ、シ＝たはが想定したスパイスを別のスパイスで代替したことが、功を奏したかどうかはわからないが、シ＝たはがもっとも料理の解読を楽しんだ。複雑さはつまり調和のほころびからまずは生まれるからだ。ナカ＝いろはいつもと変わらない表情で食事をしていたし、メイ＝あんかはシ＝たはが楽しんでいると思いながら、シ＝たはがその日手配した暗号をほぐしていた。この複雑さは、シ＝たはの《記＊リス》となるだろうと思った。

以上が班の始まりだった。班の成り立ちについては諸説ある。だがそれは、諸説ある、という事実以上の意味を持たない。班は常に、既に存在していたからだ。さらに、班の当事者と班の関係者は、完全なイコールで結ばれており、今、この記述を行っている作業者である者は、既に当事者であり関係者である、ということになる。もちろんこの記述を読んでいる者も、班の当事者であり関係者である。班の成り立ちについて特定の説をことさらに取り上げることの不可能性は、以上のことから明白だろう。ただ、とは言っても、班の始まりは右に示した文章で明白に示されている。つまり、ここにおいて、班についての言及は終えなければならない。終えなければならないが、このような班の性質をそのように在らしめている根拠には、やはり《思い出》の性格が強く根ざしているのは間違いないだろう、ということは指摘しておきたい。要は、《思い出》とはいったい何なのか、ということに尽きてしまう。班は《私》たちを抱いている。

この〈エン＝たいてい〉と〈シ＝たは〉のサンプルが互いに高い親和率を示していることは、容易に見て取れる。あるいは一つの世帯だったのかもしれないが、摂帯家の、親和と同期の峻別及び立体化、の式目からすると、実際は互いの存在を認識すらできなかった可能性もある。ただ、両者とも、《＊リス》系のテクネを操作するカリキュラムを経ている、という事実には注目しておきたいところだ。あるいは、成化の過程、そのどこかで互いの伝承を交換するといった、いわば特別な関係を組み立てていたのではないか、という想像を許してくれる楽しさが残されていないか。それは《私》たちにとっての、ある種の祈りであるのかもしれないが、かつての摂帯家をはじめとする世帯らが、地面にまだ愛着をもって、細い細い伝承を互いに縒り合せながらつないでいてくれたら、といった願いは、どうやら《私》たちをとてつもなく大きな慰めで包んでくれる。

庭：園のそこかしこで水流が録主の美域を演じている。ほとんどは無形でありながら、非水として辺りに照り映えている。午後のいつもの非音たち、この時間の帯は音を奪われた水流の意識のなか、つまり録主たちのもっとも美しかったころの音を非化するなかで、《語り＊リス》を実体化させている。その日、エン＝たいていは近ごろになく調子がよかった。そこに、庭：園に水がある、という位置基盤を意識に拡げながらも、その流れと同期することによって、ほとんど意識下に置いたようであった。エン＝たいていにとって一〇〇〇刻に一度あるかないかのこのような僥倖を描くことが、戦域の混線をしのぐ対処療法の一つであったので、この日はすこぶる気分がよかった。これでしばらくは像化そのものがたやすくなる。水はまず一個の非分であった。次にそれは一個の孤独であった。そこまではいつものことだ。通常、録主たちはこの後に定位の現象化を思うところだが、エン＝たいていは非位置化の現象化という展開を試みる。もちろんあまりうまくはいかない。いかないことが失望へと連絡されることもほとんどない。不可能事に対して人は空のようにおおらかでいられる。ただ、その日は、水はどこからも流れていないし、水はどこへも流れていない。一切の波立ちもそこでは生じない。非音。完璧なシンクロ。もはや庭：園にエン＝たいていの姿はなかった。その日、エン＝たいていが家＝族に告げる第一声は、水を弾く、だろう。

発見されたとき、着化はほとんど剥がれ、肢・体は祈りのかたちに折り曲げられていた。処理のための駆動がゆるやかに動きやめるなか、ホ＝さいは一つのメッセージを残している。メッセージが次の処理に向かって起動することを知っていたからだ。バタフライ・エフェクト。もはやそれは一つの信仰に過ぎなかったが、信仰は確認されなければ永遠に続く。ホ＝さいは確認作業を免除されたようなものだった。確認しなくてもよくなった。メッセージを残すことによって、望むような世界が構築されるかどうか。興味の対象から後景化され始めていただろう。頸椎に接着している基盤の一つが完全に冷え切っていた。ホ＝さいとエフェクト効果を司る機関との連絡は間もなく途絶える。ホ＝さいに音楽は二度と響くことはない。ホ＝さいの肢部の箇所をさすりながら、ホ＝さいの方にメッセージを送り続けているのは、たぶんニ＝すだろう。ホ＝さいの唯一の不安は、このニ＝すのホ＝さいからの消失だった。そして、不安と消失は同時に実現される。しばらくしてシリ＝まざりが拘束化され連行された。

《思い出》は、在るものなのか。それとも書かれたものなのか。書かれたものはすべて《思い出》なのか。《思い出》はすべて書かれたものとしてしか再現できないのか。書くという行為でしか、《思い出》は在ることが許されないのか。書くという行為を経ずに《思い出》は形成されないのか。《私》の《思い出》は書かれているものである。《私》は書かれてあること、書いたという行為のこと、書いているという行為のこと、を知っている。あるいは知らない。知らない、などということがあり得るだろうか。知っていることだけが書かれる。知らないのに書き始めている。知っていることを知らず知らずに書き始めている。《思い出》とは、言葉のことなのか。言葉とは、《思い出》のことなのか。《思い出》は、いったい誰が書いたものなのか。《私》は、書記者なのか。《私》とは、書記する者のことなのか。書記者とは、《私》である。《私》とは、《思い出》の束である。《思い出》の束とは、《私》である。《私》とは、書かれているものである。書かれているものとは、《私》である。《私》とは、言葉である。言葉とは、《私》である。

〈スイ＝あさ〉と〈スイ＝あさ〉については、他のサンプルでも断片が確認されている。〈術丘までスイ＝あさに延ばされてき〉、〈イ＝あさにと〉、（＝れいとも呼ばれた把目の汀でじっと立っているのはスイ＝あさの〉、〈ばれてスイ＝あさま〉といった類である。ただし〈スイ＝あさ〉が二人とも、文字通り二人ともで確認されたのは次のサンプルだけだ。しかもかなりまとまったサンプルだ。〈スイ＝あさ〉の二重性（もしかしたら多重性?）については、結論を急ぐべきではない。〈スイ＝あさ〉における特殊性の問題なのか、実はかなり一般性を秘めた問題なのか、即断は難しい。世帯とはいったい何だったのか、というある種の希望を面で展開させるために、《思い出》の複雑性を読み解いていくために、〈スイ＝あさ〉は、二人の〈スイ＝あさ〉は、《私》たちに微笑みを投げかけ続ける。

約束の時間まで少しあった。学労府から散解の演奏が一斉に能課の一部を駆動しながら揺れるのを待つ。新しい工蚕の列が組まれるから、帰宅途中に合流し、給収することになっている。エ＝りと二人のスイ＝あさの三人はそのような約束や用事がなくても、よく一緒に歩く。スイ＝あさたちにとって唯一の交換者がエ＝りであり、家＝族の遠い枝葉がわずかに交差している。もちろん歩行途中で何分の一かの工蚕は三人に給食されるわけだが、それも取り沙汰されることはない。遠くに二人のスイ＝あさの遠望が浮き上がり始めた。エ＝りは大きく肢＝体の部分を振り、他の部分で空を視示しながら、もうすぐ雨が降りそうだと知らせる。通知は、正しく、二人のスイ＝あさに伝えられる。肢＝体が一瞬複雑化してから、空を遮断する大きな平面が二人の上に浮かんでいる。エ＝りも同じタイミングで平面を展開させた。予告どおりの降雨にも抒情の残滓というものはある。わざと平面をぱちぱちつけたり消したりして三人は笑い合う。次回、工蚕の列が組まれるまで、三人は特段に予定を組み上げる必要はない。学労府徒にとって帰路シート上の移動すらも日々を積み上げるブロックとして意識されていた。いずれエ＝りと二人のスイ＝あさは軌道分岐上で離発してしまうとしても、組み立てた時間はその分岐を跨ぐだろうと信じていた。信じていたはずだった。

《私》は、摂帯家の《思い出》を、知っている、書記している、拾い集めている。班とは、《私》である。

わだかまりは川へと
目や眉の稜線で待ってい
通信に雨粒が豊かに
駈けていく白さ！白さ！
連れ集う衣裳のかさこそと
岬からの眺めに
並べられた一つの書籍よ
近似値に営巣して
壁にもたれて待機していた

語りかける語りかけられる
書棚の端にも筆跡が
沈んでしまうもの
あなたは見出す
耳元に佇んでもらい
知らせは夏の姿をしていた
遡上の愛はいつしか回転を止め
着衣を言葉としてとらえた
歌なるもの

廊下の青い響きにしたい
そよ風という束が綴られ
こそあどの秋にも
信仰の深い人たちでしたから
複数の丘
この紙は朝焼けのように春
視界いっぱいの言葉
条理の街が書き留められて
みどり色の目をした

ひらひらと消尽してしまう
一枚の美しさという
一〇〇年の岸辺で眠っていたという
冬が湾岸を大きく反れていった
記述とは森の
途絶えている
もう継ぎ足されることのない
包み合うことの先に
茂るという誤差の視線にも

序文についてあなたは寄り添い
陽炎の笑うのが
折りたたまれる婚礼
消えることのない領域の
残された会話について
せせらぎは河口の顔をして
新種の鳥たちがつくられる
眸の仕組みが豊かだったころ
コロニーを想い放ち

一族の指使いは紡ぎ紡ぐ
森は魚影だった
愛の仕草それに韻律
窓には空が滴っていた
彼女の想いで
ノードの森に追いかけて
ケースに眠る
見ないふりは
繁茂にまかせた果てわたし

《思い出＝あ》と連絡する《思い出＝か》と並べてみる。同じようにいくつか重ねてもいい。その多重性そのものである《思い出＝X》が、その由来ゆえに新たに《思い出＝Y》と連絡される。新たな《思い出＝Y》を含む《思い出＝Z》の誕生だ。このとき明白なのは、最初の《思い出》と新たな《思い出》は全く異なった位相に存在している、ということだ。重なっているにも関わらず、だ。

《思い出》の再帰性、それと再帰性を起動させる不安のうつりゆき、この過程そのものが、《思い出》という事態になる。何度眺めても《思い出》は模糊としており、しかしその不安はいよいよ変遷していく。その変遷の最中であっても、《思い出》は、容赦なく靄の彼方にたゆたっている。不安がこれ以上ないくらいに膨れ上がり、やがてはじける。《思い出》が、一時だが、明瞭に見える。

扉をノックする音は設定されていなかったが、確かに扉をノックする者がいた。書斎でカレ＝りいかは濃淡のある睡魔とともにぱらぱらとスライドする頁に書画化行程の最中であった。接読は人生に彩を与えてくれるだけではない。事態に対する誤った判断を濾過する効能もある。場合によっては、今、人生を歩むだけの必然性をも揺るがせにする。たいていの人生は、既に頁のなかに録されている。そこから漏れ零れるような人生というものが、果たして存在しうるのか。カレ＝りいかは、しかしながら接読をそれほど重んじていなかったといってもいい。接読によって収入される頁を超える出来事は、もはやどこにもない。ところがそれでも人生は終わることなく続けられている。その驚きの方にカレ＝りいかは拠りかかっていたかった。その上での接読だった。そして、その上での扉のノック音である。ノック音への反応を待たずして、カレ＝りいかがこれまでの道のりの頁を初めから最後の部分まで瞬時にめくるのと、カレ＝りいかそのものが頁化されるのと、ほぼ同時であった。その臓腑を（そんなものがあればだが）駆り立てるような冷たさのなかで、カレ＝りいかが本当に最後に視示した枠に立っていたのは、結帯者スーエ＝えほだった。

遠景が《川＊水生》のように流れていく。気がつむじ状に圧力を高め、頬や髪を触りながら遠景と同じ方向に去っていく。力即速のコンソールデッキの前に一人、テ＝さつは考えていた。指先がすべての指示を具象化する。時間がプロセスを組み替える。その度に景や気が彩色を無軌道に散らしていく。ほとんどの記が文字通り霧散し、テ＝さつの視示を景に溶かしていく。己をかろうじて保持できるこの一人の瞬間がテ＝さつは好きだった。力即速におけるテ＝さつの生滅と反復。あらゆるものから解放され、同時にあらゆるものである。ただ、その日はどうしてもいつものように記の溶解が進まなかった。テ＝さつは考えていた。ふと一点の震えのようなものを、その記の澱のような領域に視示がとらえた。それは収縮と拡大を遠景以上の速さで繰り返していた。どうやらそれは、あらゆる色彩をはじき返していたが、それ自体はどのような色も受け入れようとしているように見えた。つまり、それは白そのものだった。

テ＝さつは息をのんだ。《白＊白鯨》だ。拘泥と思考が途絶を許さないとき、力即速の膂力が顕現させる、そのことにまず驚いたが、テ＝さつはそこで途切れた。

白い一点に吸収される過程そのものの位置で、テ＝さつは考えている。

〈テ＝さつ〉をとらえて離さなかったものについて考えたい。というか〈テ＝さつ〉を通して浮かび上がってきた摂帯家そのものが抱合している一つの感触について考えたい。それを一言で、あえて一言で言表するとすれば、それは抒情ということになる。〈カレ＝りいか〉についても同様の感触が吸い出せる。再帰性の鬼と化した、何かしらの事態を《私》あるいは摂帯家というフォームに流し込みたい。そのフォームとそのフォームに流し込まれた再帰性という感触、その全体が抒情となる。〈カレ＝りいか〉が最後に見たものは、どのような表情だったのか。〈テ＝さつ〉の最後の思考はどのような色を浮かべていたのか。摂帯家という抒情を、これまで採集したサンプルで一時に説明する夢は見るに値するものなのか。〈マ＝ふゆ〉が待っていた〈ノト＝ひめろう〉の結節点はどのようなデザインが重ねられていたのか。《私》は今、深い感情の底に沈んでいる。それらの中枢で響いていた唄とは、いったいどのような色をしていたのか。夢は、やはり見るに越したことはない。

《思い出》とは、《私》のことだ。《思い出》とは、抒情の起動そのもののことだ。《思い出》が並べられていく。それは《私》だ。それが《私》だったら、その並べられたものは、《思い出》を読まれるだろう。《思い出》は、《私》以外の誰にも書かれていない。私と《私》の関係性の最中で起こっていることは、あなたと《私》との関係性の過程で起こっていることとは、断絶している。私が《私》を起動したとき、《思い出》は抒情となり、私は《思い出》を書いている。抒情は、言葉そのものであって、「書く」「読む」ことによって《私》を起ち上げ、やがてそれは音楽となる。つまり球体化し球面化する。

盗掘された永墳に、それでも顧みられることなく放擲されていく、いわゆる《土像＊象》については、すでにまとまった研究が残されている。希少性が低いおかげで適合した事例だ。ただ、ヒヤ＝いめにとって《土像＊象》の文化的価値や考古学的位置づけ、そしてそれらが語りかけてくる《思い出》、そこでとどまっていることに、どこか座りの悪い思いを繰り返してきた。ヒヤ＝いめは、《土像＊象》の物的な痕跡ではなく、そこに《土像＊象＝思い出》を系譜学的にたどっていくことで、家＝族も含めた集合にとっての、一つの《思い出》を抽出することができるのではないか、と一人慄いてきた。荘＝園の深部にわだかまっている、あれ、を予感している。いわゆる英雄譚や貴種流離譚の類をほじくっていけば、必ず《土像＊象》に行き着く物語の祖型における記号が、重要かつ唯一の記号が拾い出せるのではないかと考えたのだ。ちょうどそのころ、ヒヤ＝いめは一人の系譜を革命の最中に亡くしている。たった一人、ヒヤ＝いめに連なる系譜だった。ヒヤ＝いめの悲しみは深かった。深い悲しみの底で、それが、たゆたいながら、いつしかヒヤ＝いめを縫合していく夢を繰り返し記に示した。《私》は系譜である、という天啓のような気に、ヒヤ＝いめはいつまでも包まれていたかった。

摂帯家の歴史は古い。こう記すと、ここで記述そのものが終わる。古いという指摘は《思い出》の構造をほとんど何一つ説明できない。

《思い出》の構造は、唄で支えられている。伝承というわけだ。伝承そのもの。そしてたっぷりと抒情でもある。つまり韻律だ。構造を支えている関数は、言えば韻律ということになる。韻律的なサンプルの分析が、もしかしたら唯一の、摂帯家の解読に連なる一条の線なのかもしれない。
摂帯家の分節化と光。

韻律は、端的に、摂帯家の意味化なのだった。たとえば、言葉＝摂帯家の分節化という関数があることは、すなわち韻律＝摂帯家の分節化であることを、はっきりと示している。韻律は摂帯家への関与なのだった。ただ、関与される摂帯家は、韻律によって分節化されて初めて浮上してくる摂帯家そのものなのであって、つまりはその関与は永久に宙に浮いたままなのだった。韻律が摂帯家を分節化することによって、摂帯家は《私》たちと同期し、そして同時に、既に、未だに、韻律は摂帯家を分節化するという関与を始め、終えて、継続し、始めている。韻律とは摂帯家なのだった。摂帯家とは、在るというバグそのものであって、韻律とはバグなのだった。同じように言葉もバグなのだった。そして言葉は常に、摂帯家あるいは《思い出＝私》の代入を待ち受けているのだった。韻律は代入を待っていない。もしかしたら逆に、既に代入された摂帯家や《思い出＝私》から待たれているのかもしれなかった。摂帯家、《思い出＝私》は韻律を待っている。ここで、摂帯家は二度分節化されるのだった。摂帯家は二度、関与、しかも永久に宙ぶらりんの関与を受けるのだった。その関与そのものが、《私》ではなかったのか。

階架を下降しながらナ＝せりにまといつく儒顕上臈を手で払っていた。上臈の群は収縮とその反動を幾度も繰り返し、ある種の様式を備えた模様のようにナ＝せりを飾り立てている。足下に仄かに見え隠れする架口から洩れる外光を受けて、上臈が神秘性を孕んで式格を浮上させる。その外光の辺りにきっと立って待っているはずだった。《私》が燃えているとき、《私》を燃えるに任せ、《私》を《私》から消える者を持つ者にした存在。信じがたいことに、ナ＝せりは笑っていた。下降の速度と時間が延長を繰り返す分だけ、やがてもたらされる、言えば恩寵を、絶している自分自身を儒顕上臈の群が評定してくれているような気分に、させてくれている。感触としてはそのような、静かな流れを時折漏れ零れてくる下からの外光に何重にも折りたたんでいた。今、やがてくる瞬間を前にして、《私》のとった表情が笑みであること。ナ＝せりは小躍りしたくて仕方がなかった。ア＝もりやシル＝みやらはナ＝せりの下降に反対し続けた。何もその若さで自らの走行を中断する必要などないではないか、と。もちろんナ＝せりはわずかに笑い（そのときも！）、目を伏せて周囲から離れていった。家＝族や荘＝園の仕識部の者たちの書記を、完全に、簡単に、初期化できるとしたら。そこにのみ判断の依代があった。ナ＝せりは鳥：々だった。

そして、この記述そのものが、そのものも、一つのサンプルとしてすくい取られる。《私》は救われる。

《私》は、唐突に、「花はひらき」
と書き始める。すると、〈花〉は咲かず、匂わず、もちろん散りもせず、
はっきりと〈ひらき〉始める。あるいは、
〈花〉は〈は〉であり始める。関与は、述語的な仕掛けによってもたらされ
ている。〈は〉〈ひらき〉が《思い出》の代入を受け入れない理由は、それらが韻律そのものであるからだった。韻律は、述語的に世界に関与するのだった。ところがさらに、〈ひらき〉始めるのは、〈花〉なのであって、たとえば〈フラワー〉では決してなかった。〈花〉は代入を容易に許す部分であったはずだが、何故ともなくそれを許さない時、〈花〉は述語化していると言えてしまう。

あとがき

詩集『量』は旧版をもって定本とする。これはゆるがないが、版元の増刷という判断に乗る以上、新装版はやむを得ない。旧版での増刷りが現実的ではなく、その版型ゆえに販路拡大も見込めない。版元の最大限の努力によって、旧版に遜色ない割り付けを実現した。ために筆者としては新装版を言祝ぐに吝かではない。ただし、定本ではない、という意思表示として蛇に足を生やしておいた。これによって『量』は異形の姿を新たに曝すこととなる。言うまでもないが、旧版に画竜点睛を欠いていたということではない。どうしてもその逆だ。

もう一つ慶びがある。川島雄太郎によって装幀が刷新された。筆者たっての願いである。旧版の不穏がポップ化され、もはや私に逃げ道は用意されていない。

道楽もここまでだろう。旧版で私は詩集作りを今後一切断つ心づもりであった。偶々縁あって増刷新装版の流れとなった。いい思い出になった。

爾後、私の詩集は、好事家の書棚奥深く眠るだけの展望しか残されていない。基本的に私の詩は、一部の物好きだけが読んでおればいい。人々に詩は事足りている。年号が滅びたあと、解体された古い家屋から私の詩集が路辺にこぼれ落ちたら、私は静かに北叟笑む。そこに旧版及び新装版『量』は見出せるか否か。

二〇二一年八月十五日　　雨のち曇り

髙塚謙太郎

新装版　量

二〇一九年七月一五日　初版発行
二〇二二年四月二五日　新装版発行

著　者　髙塚　謙太郎

発行者　知念　明子
発行所　七　月　堂
〒一五四—〇〇二一　東京都世田谷区豪徳寺一—二—七
電話　〇三—六八〇四—四七八八
FAX　〇三—六八〇四—四七八七

印刷
製本　渋谷文泉閣

本体価格　三〇〇〇円+税

ISBN 978-4-87944-487-5 C0092